ひきこまり
吸《きゅう》血《けつ》姫《き》の悶々《もんもん》
13
Hikikomari
the Vampire Countess
no
Monmon

《六戦姫》——!!
白極連邦
プロヘリヤ・ズタズタスキー
天照楽土《てんしょうらくど》
天津《アマツ》 迦流羅《カルラ》
ムルナイト帝国
テラコマリ・ガンデスブラッド

世界を変える
アルカ共和国
ネリア・カニンガム
天仙郷《ようせんきょう》
愛蘭《アイラン》 翎子《リンズ》
ラペリコ共和国
リオーナ・フラット

Hikikomari
the Vampire Countess
no
Monmon

ひきこまり吸血姫の悶々 13

小林湖底

GA文庫

［登場人物紹介］

Hikikomari the Vampire Countess no Monmon

テラコマリ・ガンデスブラッド

通称コマリ。ひきこもり生活を送っていたが、ある日、ムルナイト帝国七紅天に任命されてしまった。

ヴィルヘイズ

通称ヴィル。コマリの専属メイド。コマリのことを公私にわたって忠実に（？）サポートする。

ミリセント・ブルーナイト

ムルナイト帝国七紅天。第五部隊を率いる。他人と馴れ合わぬ孤高の存在。コマリとヴィルとは帝立学院の同窓。

サクナ・メモワール

ムルナイト帝国七紅天。第六部隊を率いる。蒼玉種とのクォーター。きわめて熱心な（？）コマリファン。

ネリア・カニンガム

アルカ共和国大統領。翦劉種。六戦姫の一人。コマリのことをメイドにしようと虎視眈々と狙っている。

アマツ・カルラ（天津迦流羅）

天照楽土の大神。和魂種。六戦姫の一人。和菓子作りが趣味で、「風前亭」というお店も営む。よく寝る。

峰永こはる

カルラに仕える忍び。いつもカルラをおちょくっている。作家としてのテラコマリ先生のファン。

メルカ・ティアーノ

六国をまたにかける報道機関「六国新聞」の記者。蒼玉種。ペンが走りすぎて虚偽・捏造に至ることも。

ティオ・フラット

「六国新聞」の記者。猫耳の獣人種。メルカに振り回されている。仕事を辞めようといつも決意している。

アイラン・リンズ（愛蘭翎子）

かつては天仙郷の公主（皇女）であり、同国の将軍である「三龍星」の一人だった。現在は帝都で花屋を営む。

プロヘリヤ・ズタズタスキー

白極連邦の将軍である「六棟梁」の一人。蒼玉種だが極度の寒がりで、常時防寒着を着込んでいる。

リオーナ・フラット

ラペリコ王国の将軍である「四聖獣」の一人。猫耳の獣人種。六国新聞の記者であるティオとは双子。

カオステル・コント

コマリ麾下、第七部隊所属。第二班広報班班長で、コマリグッズを企画製作する。空間魔法の使い手。

ベリウス・イッヌ・ケルベロ

コマリ麾下、第七部隊所属。第三班破壊班班長。獣人種であり斧を用いた武芸に優れる。けっこう忠犬。

メラコンシー

コマリ麾下、第七部隊所属。第五班遊撃班班長。いつもラップ調で話す（煽る）。爆発魔法の使い手。

ヨハン・ヘルダース

コマリ麾下、第七部隊所属。第四班特攻班班長。いつも死んでいる。ゆえにコマリの実力を知らない。

エステル・クレール

コマリ麾下、第七部隊所属。第六班特殊班班長。軍学校ではSS級の成績を修め、コマリに憧れて第七部隊へ。

ペトローズ・カラマリア

ムルナイト帝国七紅天。第一部隊を率いる。通称「無軌道爆弾魔」。現役七紅天で最長の在任期間を誇る。

ヘルデウス・ヘブン

ムルナイト帝国七紅天。第二部隊を率いる。神聖教の神父であり、帝都で孤児院を営む。サクナの養父。

フレーテ・マスカレール

ムルナイト帝国七紅天。第三部隊を率いる。通称「黒き閃光」。高潔な貴族的性格で、自他に厳しい。

デルピュネー

ムルナイト帝国七紅天。第四部隊を率いる。常に仮面をかぶっている。フレーテとは帝国軍学校の同期。

スピカ・ラ・ジェミニ

逆さ月の首領。悠久の時を生きる古き吸血種。つねに血を固めた飴を舐めている。太陽に弱い。

クレメソス504世

常世における神聖教教皇。本名はミーシャ・モンドリウツカヤ。蒼玉種。コマリのことを「先生」と仰ぐ。

アマツ・カクメイ（天津覺明）

逆さ月の幹部「朔月」の一人。常世においてはユーリン率いる傭兵団「フルムーン」に所属。カルラの従兄。

ロネ・コルネリウス

逆さ月の幹部「朔月」の一人。学究肌でありさまざまな発明品を考案するほか、官能小説も手がける才女。

トリフォン・クロス

逆さ月の幹部「朔月」の一人。蒼玉種で白極連邦出身。現在はスピカの命令を守り常世の統治に勤しむ。

クーヤ先生

神仙種の医師。魔核による自然治癒がある世界ではあまり必要とされず、ゆえに貴重な医術を追求する。

アルマン・ガンデスブラッド

コマリの父。ムルナイト帝国宰相。コマリを溺愛し、頼んでもいないのに七紅天の職を斡旋してきた。

ユーリン・ガンデスブラッド

コマリの母。かつての七紅天。ある時から別の世界「常世」へと渡り、傭兵団「フルムーン」を結成。

ロロッコ・ガンデスブラッド

コマリの妹。通称「ロロ」。ひきこもりだったコマリとは正反対で明るく無邪気。コマリいわく「邪悪」。

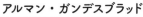

キルティ・ブラン

ユーリン率いる「フルムーン」の一員。六国に存在しない抱影種で、自身の影を別の世界に投影できる。

夕星

常世で暗躍していた組織「星砦」の首領。その実体は現世にも常世にもなく、正体は謎に包まれている。

クロヴィス・ドドレンズ

元帝国七紅天。ヴィルの祖父で穏やかな老紳士。余人の知らないヴィルの日常を知る数少ない人物。

カレン・エルヴェシアス

ムルナイト帝国皇帝。通称「雷帝」。豪放磊落な人柄。アルマンとユーリンとは帝立学院時代からの級友。

Monmon

カバー・口絵　本文イラスト
りいちゅ

「春の魔法をご覧ぜよ」

　濛々《もうもう》とけぶる吹雪《ふぶき》が思考を閉ざしていった。

　心を凍《い》てつかせる大災害。温泉街フレジールの〝黄泉《よみ》写し〟を何倍にも凶悪化したような嵐《あらし》が、いま、プロヘリヤ・ズタズタスキーの前途を破壊しようとしている——

　それは、降って湧《わ》いたような悲劇だった。

　ムルナイト帝国の山間部だ。

　学校のみんなとピクニックに来ていた時、不意に空模様が怪しくなってきたのを見た。嫌な予感を覚えたプロヘリヤは「予定を変更してはやく帰ろう」と主張したが、たまの行楽で舞い上がっていた生徒たちは聞き入れず、また、引率の先生たちも能天気に構えていた。

　ところが、突如として天が唸《うな》った。

　気温が急激に低下し、大風が大地を舐《な》め、山肌が木々を巻き込んで滑り落ちていった。激しい氷雪が襲い、世界はあっという間に白く染め上げられていく。

　風に薙《な》ぎ倒された大木がクラスメートに襲いかかった。

プロヘリヤは咄嗟《とっさ》に【転移】の魔法石を投げることで彼女を救う。

その時、「危ない」と叫ぶ声が耳朶《じだ》を打った。

振り返れば、波のようにうねる土の壁が迫っていた。

すぐ近くにいた姉が庇《かば》おうとしてくれたが、あと一歩足りなかった。

プロヘリヤはなすすべもなく波に呑《の》まれ、天地がぐるぐると回転していった。

何故《なぜ》こんな災難に見舞われるのか?――そういう疑問を発する余地がないほどの急激な展開である。

気づいた時には雪の上にうずくまっていた。

下半身が潰《つぶ》され、右腕がひしゃげているのも見えた。

が、この時はまだ、プロヘリヤは生きていた。

みんなは無事だろうか――心配をしているうちに、身体《からだ》がガクガクと震えてきた。あふれた血が凍りついていくのが見える。体温が冷え、震えることすらできなくなってくる。

プロヘリヤを包み込んでいるのは、広大無辺の〝寒さ〟だった。

どれだけ思考を重ねても、この窮地《きゅうち》を脱する名案は思いつきそうにない。

「ああ、プロヘリヤ! 何ということでしょうか!」

姉の声が聞こえた。姉も一緒にピクニックに来ていたのだ。

顔を真《ま》っ青《さお》にしながら潰れた妹に駆け寄ると、すがりついて涙を浮かべた。

「ごめんなさい！　私がしっかりしていれば！」

「お姉さま……」

唇は凍えて上手《うま》く動かない。

自分が助からないことは、自分がよく知っていた。

ここから白極連邦《はっきょくれんぽう》か核領域までたどり着くためには、数時間の移動を要する。【転移】の魔法石でもあれば話は別だが、さっきクラスメートを救うのに使ってしまった。

それは姉も同じらしく、万策尽きたといったふうに狼狽《ろうばい》している。

雪が舞い上がり、呼吸ができなくなった。

痛くて寒い。寒くて苦しい。

しかしプロヘリヤは、心に意志の炎を宿して言葉を紡《つむ》いだ。

「お姉さま。逃げてください。このままでは凍え死んでしまいます」

「いいえ、あなたを置いて逃げるわけには参りません」

姉の瞳《ひとみ》には、紅色の覚悟が宿っていた。

それは世界の理《ことわり》を変える奇跡の異能――烈核解放《れっかくかいほう》。

この理不尽を打破する唯一にして残酷なる手段。

姉は、呪文《じゅもん》を唱えるように言葉を発した。

「春の魔法をご覧ぜよ。大いなる雪解けはすぐそこに」

姉の身体が光った。プロヘリヤはぽかぽかとした陽気を感じて見上げる。

ふと微笑《ほほえ》んだその表情には、他者のために自らを犠牲にすることも厭《いと》わない正義感があふれていた。


こうして命は救われた。

しかし、星の煌《きら》めきが世界を覆《おお》ったこの日から、プロヘリヤ・ズタズタスキーは荒ぶる吹雪の中をひとり歩いている。

ずっと冬のままだ。

※

「今日は何月何日だい」

「七月十二日です、書記長」

「そうか。ではプロヘリヤの誕生日までちょうど二カ月だな」

からっとした青空を見上げながら、白極連邦書記長、イグナート・クローンはつぶやいた。

統括府は夏真っ盛りといった暑気で、冬の厳しさの面影《おもかげ》はどこにもない。こういうぬくぬくとした日は、あの寒さを嫌う少女が水を得た魚のように調子づくのである。

「ままならないね。光陰矢の如《ごと》しと言うが、時間というものはあっという間に過ぎてしまう」

「書記長、何かよからぬことを企《たくら》んでいるのではありませんか」

「よからぬこと？　まさか」

書記長は鼻で笑った。

「きみはプロヘリヤの副将だが、それ以前に連邦保安委員会のメンバーだろう？　優秀なスパイとは、与えられた仕事に疑問を抱かず完遂させる者のことを言うのだ」

「申し訳ございません」

ピトリナ・シェレーピナは表情を作らずに頭を下げた。

書記長の腹に何かがあるのは百も承知だ。

スパイはスパイらしく、面従しながら相手の動きをつぶさに観察するしかない。

この男がプロヘリヤを害するような企みを抱えているのなら、それを排除するのがピトリナの仕事だ。

しかし、書記長はそんなピトリナの内心を見透かしたように含み笑う。

「お前こそ何か企んでいるのではないかね」

「滅相もありません」

「そうさ。人は二心《ふたごころ》を抱くものだ。本当に信頼できる人間など数えるほどしかいない。それこそプロヘリヤのような子くらいだね……」

「お姉さま――プロヘリヤ様はあなたのことを嫌っておいでです」

「だが俺《おれ》はあの子を救いたいと思っている。この方針だけは変わらない。ドヴァーニャも頑張ってはいるが、あれでは足りないのだよ」

「ドヴァーニャ様は優秀な方だと思われます」

「では聞くが、ドヴァーニャで夕星《ゆうせい》に勝てると思うかね」

夕星。

ここではない世界、常世《とこよ》で暴《あば》れ回っていたという怪物。

ピトリナはその実態をよく知らないが、想像を絶する脅威だという話は聞いている。

逆さ月なんて目じゃないくらいの。

「もちろんセカンドプランを用意しておくことは重要だが、正規品を救う手立てがあるうちは代用品に頼る必要はないのさ。まず我々がするべきことは、どんな手段を尽くしてでも連邦の未来を守り抜くことだ」

「その点は、同意いたしますが……」

「だから必要なのだ。【逆巻《さかまき》の玉響《たまゆら》】が」

それは天照楽土《てんしょうらくど》の大神《おおみかみ》、アマツ・カルラが持っている異能の名前だ。

時間を巻き戻し、すべてをなかったことにできる烈核解放。

書記長は、以前から【逆巻の玉響】を狙《ねら》っている節があった。

「去年の天舞祭《てんぶさい》は失敗したね。アマツ・カルラが大神になってしまったら、その身柄を確保することが困難となる。桜翠宮《おうすいきゅう》の警備は思った以上に堅いからな」

「だから連邦はレイゲツ・カリン陣営に加担したのですね」

「然《しか》り。先代大神はカリンが大神になると逆さ月が伸長して世界が滅ぶ——と言っていたが、そんな馬鹿《ばか》げた話はありえない。スピカ・ラ・ジェミニなど、取るに足らない引きこもりにすぎないのだ」

書記長はプリンのふたを開けながら言った。

プロヘリヤがムルナイトのお土産《みやげ》として買ってきたものだ。

「俺はアマツ・カルラを誘拐しようと思う」

「え……？」

「プロヘリヤを救いたいのならば、俺に従え。それしか道がないことくらい、頭のいいお前なら分かっているだろう？」

有無《うむ》を言わさぬ語調だった。ピトリナは貼りつけたような無表情を保ちながら、プロヘリヤにとっての最善策を模索する。しかし、どれだけ考えても書記長の駒となる以外に方法はないように思われた。

「……承知いたしました」

「よろしい」

書記長は笑ってプリンを口に含む。

☆

ネリア・カニンガムは難しい顔をして悩んでいる。

手元にあるのは、白極連邦のプロヘリヤ・ズタズタスキーから寄せられた手紙だ。

珍しいこともあるもんだと思って中を見た途端、驚きのあまり天を仰《あお》いでしまった。

そこに書かれているのは、白極連邦とプロヘリヤ・ズタズタスキーに関《かか》わる重大事項。

下手をすれば六国《りっこく》の未来を左右するほどの。


「――だから言ってるだろうが！　増税だ増税！　軍事費が足らないんだよっ」

「増税などしても民が苦しむだけだぞ？　今はむしろ減税して経済を活性化させるべきだ」

「てめえ、ゲラ＝アルカ時代は散々民衆を苦しめてたよなぁ？」

「私は時に合った行動をしているまでだ。お前のごとき単細胞ではない」

「コンの日和見《ひよりみ》野郎が！　そこまで言うなら表へ出やがれ、どっちが正しいか戦争で決めようじゃないか！」

「やめてくださいお兄様！　ケンカしても負けるだけですっ！」

「だそうだ。貴様は妹にも信頼されていないのだな」

「おいガートルード！　ちったあ兄を応援しやがれっ！」

「ひええ」

ネリアの眼前では八英将《はちえいしょう》たちが舌戦を繰り広げていた。

主にやり合っているのは、パスカル・レインズワースとアバークロンビー。

現在、八英将会議の真っただ中なのである。

ちなみにゲラ＝アルカが崩壊して以降、長らく八英将の枠には欠員が出ていたが、先週の人事でついに八人全員が揃《そろ》うことになった。といってもネリアが大統領と兼任しているので、完全な状態とは言えないのかもしれないが。

それはさておき、会議どころではない。

この手紙はプロヘリヤからのSOSに違いなかった。

打算を抜きにしても動くべきだ。

プロヘリヤ・ズタズタスキーに恩を売っておくのも吝《やぶさ》かではない――

「――ネリア様ぁっ！　ケンカを止めてください！」

「ん？　どしたの？」

「ケンカですよケンカ！　お兄様ったら子供ですっ」

ガートルードが泣きついてきた。

見れば、会議の場は侃々諤々《かんかんがくがく》の大騒ぎだった。レインズワースの馬鹿とアバークロンビーが今にも殴り合いのケンカを始めようとしている。他《ほか》の八英将たちはオロオロするばかり。彼らのほとんどは新米だから、先輩たちの暴挙を止めるすべを知らないのだ。

ネリアは「はああ」と溜息《ためいき》を吐《つ》き、

「――こら二人とも！　五月蠅《うるさ》いから静かにしなさい！」

「ネリア！　こいつが世迷言《よまいごと》をのたまうんだよ。ここで切り伏せても構わないよなあ？」

「構うに決まってるでしょうが！　そんなだから翦劉《せんりゅう》は野蛮だって言われるのよ」

「言わせておけばいいのさ。すべてを戦いで解決するのが翦劉の流儀なんだ」

「反抗するようなら罷免《ひめん》するわ。いいの？」

「なっ……」

レインズワースが石のように固まった。

ネリアはギロリとアバークロンビーのほうを睨《にら》む。

「あんたもね。これ以上騒いだら承知しないわよ」

「私は大統領の意に背《そむ》くことはいたしません」

「よろしい」

「おいネリア！　こいつさすがに虫がよすぎるんじゃ……」

「お兄様。ここは会議の場ですよ。無駄口は叩《たた》かないでください」

「何だてめえ。俺に逆らうってのか？」

「ひっ……」

ガートルードがびくりとしてネリアの背後に隠れる。この兄妹は仲が悪いんだか良いんだかよく分からない。ゲラ＝アルカ時代よりは改善されているはずだが、時折ピリピリした空気を見せるから油断ならないのだ。

「ガートルードをいじめたら、私があんたをいじめるわよ？」

「ちっ。……悪かったよ」

不満そうにそっぽを向いてしまったが、謝れるのは彼の成長の証でもある。あとは暴力的な面を改善してくれれば言うことはないのだが、まあそれは今後に期待ということで。

ネリアは卓上の手紙を見下ろした。

今はこれへの対応を考えることが先決だ。

「ねえガートルード。今後一カ月の予定ってどんな感じだったっけ」

「へ？　あ、えっと、ぎゅうぎゅう詰めですよ。日々の公務はもちろん、エンタメ戦争もたくさん入っていますし、各国の要人との会議や会談、地方の視察とかも色々――」

「それ全部キャンセルするわ」

ガートルードが目を丸くした。

八英将たちも「何事か」とネリアを見つめてくる。

ネリアはにやりと笑ってプロヘリヤの手紙をつかんだ。

「私はこれから白極連邦へ行く。留守はあんたたちに頼んだわ」

「ど、どういうことですかネリア様⁉　突発的に変なことを言い出すのはいつものことですけど、さすがに一カ月もお仕事サボったらアマツ・カルラみたいになっちゃいますよ⁉」

「さては偵察か？　白極連邦を陥《おとしい》れるための準備ってわけだな」

レインズワースが好戦的に笑ってそう言った。

確かに偵察もある。

しかしアルカが狙うのはもっと先だ。

ネリアは双剣でプロヘリヤの手紙を細切れにしてから言った。

「——決まってるじゃない。白極連邦を転覆させるのよ」

☆

アマツ・カルラは緊張の極致にあった。

目の前でお茶を啜《すす》っているのは、カルラの祖母にして元大神のアマツ・カヤである。

例によって殺人鬼のような面構《つらがま》えをしているが、大昔は実際に敵兵を殺しまくっていた将軍なのだからおかしな話ではない。というかカルラも常日頃《つねひごろ》から殺されかけている。

そんな恐るべきお祖母《ばあ》様から呼び出しがかかったのだ。

「すぐ来い」――その四文字が届けられた瞬間、桜翠宮で惰眠《だみん》を貪っていたカルラは飛び起きてアマツ本家へ急行したのである。

で、この異様に張りつめた空気だ。いつも張りつめているが、今日の張りつめ方は尋常《じんじょう》ではない。かれこれ一分は無言で向かい合っている。窒息してしまいそうだ。お祖母様は何を考えているのだろうか。

「お、お祖母様っ！」

耐えきれなくなったカルラは、ついに口を開いた。

「いったいどのようなご用件でしょうか⁉　私はお昼寝をすることもなく粉骨砕身《ふんこつさいしん》大神としての仕事に取り組んでおりますがっ」

「黙れ」

「はいっ！」

サボっているのがバレたかもしれない。

これはお叱りの呼び出しだ。となれば誤魔化《ごまか》しても意味はない。素直に謝罪することによってお仕置きのレベルを背負い投げからデコピン程度にランクダウンしていただくしか活路は残されていない。

カルラは速やかに土下座して叫んだ。

「も、申し訳ございませんお祖母様！　私は今日もサボってお昼寝をしておりました！　しかしこれは日頃頑張っている疲れが出たためであり――」

「カルラ。お前は常世で醜態《しゅうたい》をさらしたらしいな」

「はい醜態を――えっ?」

予想外の言葉が返ってきて顔を上げた。

お祖母様は刀を思わせる視線を突き刺してくる。

「天文台とかいう不埒者《ふらち》だったか？　他国の将軍たちが力を合わせて総力戦をしていたのに、お前だけこはるに引っ張られて逃げ回っていたそうじゃないか。いったいどういう了見なんだい、ええ?」

「い、今更そんな話をするために呼び出したのですか……!?」

「いいから答えろ。他国の将軍たちに情けない姿を見せるのは、堂々たる天照楽土の大神として相応《ふさわ》しいのかえ？　相応しくないのかえ?」

「そ、それはもちろん相応しくないと思いますが……」

「常日頃、テロリストどもが動きを活発させているんだ。国を率いる大神が腑抜《ふぬ》けているようでは示しがつかん。和菓子作りもけっこうだが、お前にはそろそろ戦いというものを覚えてもらおうと思ってね」

「戦い⁉　何それ美味《おい》しいんですか⁉」

ピキリ。

お祖母様の持つ湯飲みにヒビが入った。

とぼけたら殺されると思ったカルラは、正攻法で泣きじゃくることにした。

「――無理！　無理です無理です無理に決まっています！　私がどれだけ運動音痴か分かっていらっしゃらないのですか⁉」

「それを矯正するために稽古《けいこ》をつけてやると言ってるんだ」

「稽古なら幼い頃につけられましたよ！　でも全然意味なかったじゃないですか！　来る日も来る日もぼこぼこにされた結果、私の中で平和に対する心が芽生えたんですっ！　戦う力なんて身につけてもしょうがありません、そういうのは五剣帝《ごけんてい》の皆様にやってもらいましょう！」

「分かってないね。大神が戦えないのが問題なのさ」

「でも先代は全然戦えませんでしたよね⁉」

「あれは未来のお前なんだから例外だ」

「今の私も例外にしてくださいっ！」

「例外は認めん」

「何で⁉」

どれだけ駄々を捏《こ》ねても通用する気配がない。

それにしてもおかしな話だ。大神に就任してから今日に至るまでの一年弱、お祖母様はカルラの戦闘能力に関しては口を挟んでこなかったのに。

カルラの困惑を読み取ったらしいお祖母様は、咳払《せきばら》いをしてから言葉を紡いだ。

「……近頃、東都《とうと》大学の研究者どもが大騒ぎをしていてな」

「研究者さんが？　何故？」

「天照楽土の歴史書『風国史《ふうこくし》』の散逸した部分が見つかったんだとさ。私のほうにも写しが回ってきたが、あれは一級の代物だ」

「それは興味深いですね。是非《ぜひ》とも一読してみたいものです」

「でだ。その中に記されていた歌が問題なんだよ」

お祖母様は湯飲みを置くと、懐《ふところ》から短冊のようなものを取り出した。

そこには、お祖母様の筆跡で短歌が綴《つづ》られていた。


天《あま》つ風川《かぜかわ》の上《ほとり》にて絶えぬとも夕《ゆう》ずつの歌凪《な》ぐことはなし

「……何ですかこれ？　いまいちピンときませんが」

「さあね。だがこの歌を詠んだ者は初代大神の妹だと言われている。妹の名前は伝わっていなかったが、見つかった『風国史』の散逸部分にくっきりと書いてあってね。それによれば〝天津《あまつ》夕星〟というそうだ」

「え」

束《つか》の間頭《まま》が固まってしまった。

夕星？　それって星砦《ほしとりで》とかいうテロリストのボスじゃなかったっけ？

お祖母様は「つまるところ」と話をまとめにかかる。

「世間を騒がせているテロリストは、天津家出身の可能性があるということさ。身内の不始末は身内で片付けなけりゃならん」

「だから私自身が強くならなくちゃいけないのですか……!?」

「理由は他にもあるさ。こっちは大したことじゃないんだがね」

お祖母様はお茶を一口啜ってから言った。

それは思わず顎《あご》の外れるような新事実だった。

「白極の連中がウチに攻め入るつもりらしい」

「は……!?」

「その狙いはお前の身柄だそうだ。イグナートの小僧はお前のことをいたく気に入っているようだね」

「ど、どどどうするんですか!?　私は攫《さら》われてしまうんですか!?　っていうか攻め入るって何!?　エンタメ戦争じゃないってことですよね!?」

「そういう危険が迫っているから稽古をつけてやると言ってるんだ」

「付け焼刃すぎません!?」

「アマツの嫡流たる者やはり武芸も身につけなくては始まらんのさ。大神になったからといってお前を甘やかした私が馬鹿だったよ」

「甘やかされた記憶がないのですが……」

「手始めにほれ。白極へ行ってこい」

お祖母様は懐から別の紙を取り出した。今度は手紙のようである。

いやいや受け取って開いてみると、差出人のところに〝プロヘリヤ・ズタズタスキー〟と書かれているのが見えた。

わけが分からない。いったい何が起こっているんだ。

困惑しながら文字を追っていき――

やがてカルラはみるみる青くなっていった。

「……本当ですか？　これ」

「本当だ。運がよかったね」

「…………………」

絶望のあまり絶叫して踊り出したくなった。

一方、脳味噌《のうみそ》は事態解決のためにフル回転を始める。

書記長。プロヘリヤ。白極連邦。

アマツ・カルラがとるべき選択肢は決まりつつある。

善行を積まねばならぬと思った。

正義の味方にならねばならぬと思った。

見ず知らずの人に迷いなく手を差し伸べられなければならない。

六凍梁《ろくとうりょう》の仕事、ピアノの先生、〝荒野に緑を増やす会〟の活動、飲食店でのバイト、その他のあらゆるボランティア——プロヘリヤは生き急ぐかのように全力を尽くす。

本当に時間が残されていないのだ。

今生は、言わばアディショナルタイム。

姉に恩返しをするためには、一分一秒でも無駄にすることはできなかった。

そして今、最後の大詰めが始まろうとしていた。

「まあ、私にとっては簡単なお仕事だがね」

プロヘリヤは不敵に言ってプリンのふたを開けた。

ぴかぴかに磨かれたデスクの上には、常世の大聖堂から届いた手紙が置かれていた。もちろんこれだけではない、計画に必要なピースは着々と集まっている。

書記長もまた何かを企《くわだ》てているようだが、問題はないだろう。

☆

プリンを掬《すく》いながら、プロヘリヤは悪役のように笑みを深めるのだった。

「世界の覇権を握るのは、やはり白極連邦をおいて存在しない」

1 吹雪《ふぶき》に閉ざされた国

Hikikomari the Vampire Countess no Monmon

「コマ姉！　私が作ったわさびケーキを食べさせてあげる！　あ～ん♡」

「うわああああああ！」

お昼ご飯のオムライスを味わっていた時のことである。

いきなり悪魔の妹が現れたかと思ったら、皿に載った緑色のケーキを切り分けて「あ～ん」してきやがった。私は咄嗟《とっさ》に飛び上がって回避すると、ヴィルの背後に隠れて百獣の王・ライオンを凌駕《りょうが》する迫力で威嚇《いかく》してやる。

「おいこら！　そんな得体の知れないモノを近づけんな！」

「コマ姉、わさびも食べられないの？　子供ねえ」

「それを食べなきゃ大人になれないなら私は一生子供でいいよっ！　だいたい何だよわさびケーキって、恐ろしいほど緑色じゃねえか！　食べ物を粗末にするな！」

「してないけど？　だって食べるし」

「はあ？　食えるものなら――」

ぱくり。

ロロは緑色の異物を口に入れた。

もぐもぐと咀嚼《そしゃく》して、「おいし～」などとのたまう。

「……嘘《うそ》だろ？　おかしくなったの？」

「おかしくないわ。ヴィルへイズも食べてごらん」

「遠慮しておきます――ふぐっ⁉」

ロロがヴィルの口に無理矢理フォークを突っ込んだ。私は再び「うわああ！」と絶叫してしまった。

「おいヴィル吐き出せ！　つーんって来る前に！」

「もぐもぐ……あれ？　意外とおいしいですね？」

「……へ？」

「でしょお⁉　私の自信作なんだからっ！」

「もう少しいただいてもよろしいでしょうか」

「どうぞ～！　たくさんあるから遠慮しないでねっ」

ヴィルは「うまいうまい」と言いながらわさびケーキを頬張《ほおば》った。私は見なかったことにして自分の席に座る。たぶん、ヴィルは味覚も変態なのだろう。ああいう輩《やから》と関《かか》わっていたら変態がうつるため、私はひとり黙々とオムライスを食べることにした。

「しかしロロッコ様、どうして急にケーキを作ろうと思ったのですか？」

「練習。後でドヴァーニャに食べさせてあげようと思ってね」

ドヴァーニャにそんなもん食べさせるなよ。

「なるほど。ドヴァーニャ殿とはあれから仲良くやっていらっしゃるのですね」

「よくお話ししてるわよ？　あの子ったら、本当に無口だから、白極連邦《はっきょくれんぽう》で全然友達がいないんだって。私が面倒を見てあげないと一人になっちゃうわ！　そのうち勉強とかも見てあげるつもりよ、あれだけぼーっとしてたら授業にもついていけてないだろうから」

ロロは悪魔の権化《ごんげ》みたいな性格をしているが、意外と面倒見がいい面もあるのだ。

クラスメートたちはロロのことを頼れるリーダーとして慕っているとか何とか。

私とは正反対だ。姉妹なのに。年もそんなに離れていないのに。

まあそれはさておき、ドヴァーニャは今頃《いまごろ》何をしているのだろうか。

というか、白極連邦の面々は達者でやっているのだろうか。

先月の騒動——天文台の連中が引き起こしたあの事件は、ムルナイト帝国に小さくない影響をもたらした。なんやかんやあって撃退することには成功したが、結局捕まえることはできなかったのだ。いやまあ、最後に彼らと接触したのは私なんだけど、あの後どうなったのかよく分からない。

そして、一緒に戦ったプロヘリヤたちはあっさり帰っていった。

それから特に連絡もないため、元気でやっているか気になるところだが——

「――でもねえ、最近はなかなか連絡がつかないのよ」

ロロがわさびケーキをぱくぱく口に運びながら言った。

「忙しいのかな？　ケーキパーティーに誘おうと思ってるんだけど」

「ドヴァーニャ殿は白極連邦の要人だと聞きました。忙しくて当然かと思いますよ」

「え～⁉　要人なんてやめればいいのに！　ねえコマ姉？」

「何で私に振るんだよ。私が七紅天《しちぐてん》を辞めたくても辞められないの知ってるだろ？」

「爆死すればやめられるんでしょ」

「爆死なんか嫌に決まってるだろ！」

ロロは「にははは」と悪魔みたいに笑った。ふざけやがって。

「ま、ってなわけで、明日くらいに白極連邦に行ってみようかと思ってるの。お土産はケーキとコマ姉ね」

「これだけのケーキならドヴァーニャ殿も喜ぶでしょうね。ごちそうさまでした」

「お粗末様～っ！　コマ姉も食べればよかったのにぃ」

「そんなゲテモノいらねえよ。私は甘いケーキが食べたい」

「ねえねえヴィルヘイズ、私って料理の才能あるかな⁉」

「世界一のパティシエも夢ではありません」

「やったあ！　将来の夢ランキングの三位くらいに追加しておくわ！」

「ちなみに一位と二位は？」

「一位はコマ姉の飼育員！　二位は神様！」

突っ込んだら負けだ。どうせこいつも冗談で言ってるんだからな。

そこでふと、皿に載ったわさびケーキが見事に平らげられていることに気づく。こいつら本当に食べたのかよ。好き嫌いがないってレベルじゃないぞ——ん？　あれ？　なんか甘いにおいがしないか？　皿に残っているクリーム、わさびっぽい感じが全然しないんだけど。

「あ、気づいた？　これ、お父様が買ってきた抹茶ケーキよ」

「はあ⁉」

「いらないって言うから、泣く泣くコマ姉のぶんも食べちゃったぜ」

「ちょっと待て、それってお前が作ったんじゃなかったの……⁉」

「ジョークよ！　ケーキはこれから作ってドヴァーニャに持っていくの」

「な……」

何だこいつ⁉　本当に何だこいつ⁉　これってお父さんが私たちのために買ってきてくれたケーキでしょ⁉　しかも有名店の超高級品！　許せない、絶対に許せない、独り占めしやがって——いや待て、独り占めじゃない。もう一人食べたやつがいるじゃないか！

「おいヴィル！　気づいてたなら言えよ！」

「言わなければ私の取り分が増えるかと思いまして」

「お前というやつは〜っ！」

「にははは！　わさびと抹茶の見分けもつかないコマ姉が悪いんだよ〜ん」

「…………」

私の精神状態は拗《す》ねの極致に移行した。

どいつもこいつもおちょくりやがって。今度お父さんに頼んで新しいケーキを買ってもらおうじゃないか。もちろん妹や変態メイドには内緒でな——そんな感じで業を煮やしていた時、ふと、窓の外で何かがきらりと光ったような気がした。

ん？　何だあれ……？

「さてと！　私はこれからドヴァーニャのためにケーキを作るわ。手伝ってよヴィルヘイズ」

「いえ、私はコマリ様のご機嫌《きげん》を取るためにケーキを買ってこようかと思うのですが」

「大丈夫だって！　コマ姉の脳はニワトリだから、明日になれば忘れて——」

ロロが無礼極まりないことを口走った瞬間。

がしゃあああん!!——窓ガラスを突き破って何かが飛び込んできた。

「どわあああ！」

「きゃああああ！」

「コマリ様危ないっ！」

ヴィルがテーブルを引っくり返して私とロロを守る盾《たて》にしてくれた。

突風が吹き抜け、きらきらと光る魔力の残滓《ざんし》が棚引いていく。

拗ねている場合ではないと悟った私は、蟬《せみ》が初めて地上に出るような気分で顔を上げた。

「な、何だ⁉　前もこんなことあったような気がするぞ⁉」

「顔を出さないでください。攻撃の可能性があります」

「可能性というか確定だろ！　これが単なる挨拶《あいさつ》とかだったらびっくり仰天だよ！」

「ねえ見て、テーブルに何かめりこんでるよ⁉」

ロロがヴィルの忠告を無視して立ち上がった。

見れば、盾として使ったテーブルの表面に弾丸のようなものが突き刺さっている。

こんなことをする人物に心当たりは――ダメだ、多すぎて特定できない！

「天文台のやつらかな⁉　ルーミンっていうカンガルーの人とか……」

「やだこわーい！　コマ姉、私を守ってよ！」

「ご安心ください。どうやら敵というわけでもなさそうですよ」

銃弾が『どぱあんっ！』と破裂し、魔力の煙となって辺りにモクモクと充満する。

さては毒ガスの類《たぐい》かと思ったが違うようだ。

煙はそのまま天井《てんじょう》付近に集合し、やがてくっきりした字体のメッセージを形作った。

曰《いわ》く――

テラコマリ・ガンデスブラッドへ
お前にエンタメ戦争を申し込む！
詳細を知りたくば白極連邦統括府へ来い！
プロヘリヤ・ズタズタスキー

「プロヘリヤ……⁉　エンタメ戦争ってどういうことだ⁉」

「どう見ても宣戦布告ですね。きっとコマリ様を煮て食うつもりなのでしょう」

「何でだよ⁉」

「ええ～⁉　ずるいずるい！　私も煮て食いたい！」

「お前は黙っとれ！　くそ、何が何だか分からないぞ……」

ふわふわと霧散していくメッセージを眺めながら、私はごくりと喉《のど》を鳴らした。

これは明らかに普通のエンタメ戦争ではない。いや普通のエンタメ戦争がどうやって始まるのか知らんけど、人んちにいきなり銃弾ぶっ放すなんて普通じゃない。というか、プロヘリヤがそういうことをするとは思えないような——思えるような、微妙なところだ。

「コマリさん！　怪我《けが》はない⁉」

不意に名前を呼ばれて振り返った。

何事かと思ったら、孔雀《くじゃく》のようなひらひらとした衣装が視界に舞った。割れた窓からアイラ

ン・リンズが飛び込んできたのである。私はびっくりして彼女を見上げ、

「ど、どうしてリンズがここに……⁉」

「コマリさんに用事があって来たんだけど、すごい音がしたから。これってたぶん、プロヘリヤさんのメッセージだよね……？」

「お待ちくださいリンズ殿。窓から勝手に侵入しておいて話を進めるなど言語道断《ごんごどうだん》。あなたがコマリ様と話すためにはまず私の許可をとる必要があるのですからね」

「わあリンズ、いらっしゃい！　これからケーキ作るんだけど、よかったら食べない？」

「お前らちょっと静かにしろ‼――リンズ、何でメッセージのこと知ってるんだ？　あ、もしかして見てた？」

「うちにも銃弾が撃ち込まれたから」

「そうなのか⁉　いったい何が起こってるんだ……」

「窓が割れて植木鉢が粉々になっちゃった。その後、煙がもくもく広がって宣戦布告されちゃったの。そのことでコマリさんに相談したくて来たんだけど……」

同じ事件がリンズの〝光彩花《こうさいか》〟でも起きていたのか。

たぶんプロヘリヤ本人じゃなくて部下の人が撃ち込んだんだろうけど。

ヴィルが「怪しいですね」と顎《あご》に手を当てて、

「果てしない陰謀のにおいがします。わざわざコマリ様に宣戦布告する輩はよっぽどの自信家

かチンパンジーかの二択と決まっていますからね」

「あの。何で私にも宣戦布告したのでしょうか……?」

「さあ?　あるいは六戦姫《ろくせんき》全員に声をかけたという可能性もありますが」

「それはないだろ。そんなことをしたらプロヘリヤはチンパンジーと同じだ」

いったいあの寒がりの少女は何を考えているのか。

それを解き明かすためには白極連邦に向かわなければならない。

が、行ったら行ったで面倒ごとに巻き込まれそうな予感がぷんぷんする。

リンズが不安そうに私を見つめた。

「コマリさん、やっぱり統括府に行く……?」

「むむむ……プロヘリヤに異変が起きていることは確かだ。無視したら後々えらい目に遭いそうだから行ったほうがいいんだろうけど、でも『戦争しようぜ!』っていう誘いに乗ったら希代の賢者として負けな気がするし」

「コマ姉!　せっかくだから行かないと損だよ。あそこには美味《おい》しいものがたくさんあるって聞いたわ、コマ姉の大好きなオムライスも食べられるかもね」

「お前、オムライスって言っとけばいいって思ってないか?　行ったら戦争が始まるかもしれないんだぞ?」

ヴィルが「大丈夫ですよ」とサムズアップした。

「仮に始まったとしても部下に任せておけばいいのです。第七部隊は最強ですからね」

「それは否定しないけど……」

「それよりも白極連邦といえば北国ですから、避暑地として楽しめるかもしれませんよ？　たとえばプールなんてどうですか？　コマリ様のあられもない水着姿をフィルムに収める準備は万端です」

「お前も状況分かってねえだろ」

「あの、えっと、戦争が目的とは限らないと思うよ……？　プロヘリヤさんは正義感の強い人だから、メッセージを額面通りに受け取っちゃいけないと思う。あの人が私やコマリさんたちと本気で戦争したがっているとは思えないし、何かもっと深い考えがあるんじゃないかな」

リンズの言うことには一理あった。

いずれにせよ、あれこれ議論しても話は進まないのだ。

宣戦を受けるにしろ拒否するにしろ、一度プロヘリヤと言葉を交わす必要がある。

「……よし、白極連邦に向かおうじゃないか。ちょっと不安だけど」

「ズタズタ殿のことですから話は通じるはずですよ。もし問答無用で襲いかかってきたとしても心配はいりません、コマリ様のことは私がお守りしますので」

「ヴィル……！」

「その代償として私と一緒に遊んでくださいね。とりあえずコマリ様の水着をご用意いたします」

「水着はいい！　……いや、よくない。やっぱり持って行こう。念のためにな」

「あ、えっと、私も持っていったほうがいいかな……？」

「リンズも水着持ってるの？」

「ううん。持ってないけど……」

「じゃあ買ってから行こう。リンズに似合うやつを選んであげるよ」

「うん……ありがとう」

「ねえヴィルへイズ～、コマ姉とリンズがイチャイチャしてるけどいいの？」

「よくありません。リンズ殿は全裸で十分ですのでさっそく【転移】の魔法石を発動したいと思います」

「あっ、こら！　水着は重要なんだぞ⁉　夏の輝かしい思い出は水着によって彩《いろど》られるといっても過言《かごん》じゃない！　だからまずは帝都のお店を物色して――」

「いいえ、もう発動しました」

「お前ぇー！」

ヴィルの放り投げた【転移】の魔法石が発光した。

相変わらず私の言うことを一ミリも聞いてくれないんだなこいつは！――と憤慨《ふんがい》したが、憤慨したところで事態が好転しないことはよく分かっていた。もうリンズの水着は現地で買うしかないな。

不安半分、期待半分だ。

プロヘリヤのことは心配だが、せっかく遠出するのだから楽しまないと損である。

白極連邦は涼しいと聞いたから、連日の猛暑でくたくたになった私の心身にいい影響を与えるだろう――そんな感じで楽天的に考えているうちに【転移】が完了し、
そして、

冬だった。

紛《まご》うことなき冬の景色が広がっていた。


「「「「……え？」」」」

そこはおそらく、街中の広場のような場所である。

びょおびょおと吹きすさぶ北風には大粒の雪が交じっており、路面は真っ白に染め上げられている。噴水はカチコチに凍りつき、手袋とマフラーをした蒼玉《そうぎょく》の子供たちが、ぴょんぴょん跳ねて雪合戦をしていた。建物の屋根にはうずたかく雪が積み上げられ、この吹雪《ふぶき》が一朝一夕のものではないことを雄弁に物語っている――

あれ？　今って夏だよね？

それとも白極連邦って年中冬だったりするの？

「こ　こま　こまこまこま　こまこま　こままま　こまり様　寒いです寒いです」

「大丈夫かヴィル⁉　そんな肩を露出した服着てるから……！」

青くなってガタガタと震えるヴィル。

彼女が「寒い寒い」と抱き着いてきたので、そっと抱きしめ返してやった。普段ならこのタイミングでセクハラをぶちかましてくるはずだが、寒すぎてそれどころではないらしい。

「何だよこれ……？　異常気象？」

「分からないけど……たぶん、何か普通じゃないことが起きてる感じがするね……？」

ロロッコが「雪だー！」と大はしゃぎして子供たちと遊び始めた。

空は鉛色に閉ざされ、太陽の光はまったく届いていない。

「へぶっ！」

くしゃみではない。ひらひらと飛んできた紙のようなものが顔面に直撃したのだ。

リンズが「コマリさん大丈夫⁉」と慌《あわ》てて取ってくれる。

「と、とりあえず暖かいところに行こう！　このままじゃ凍死しちゃうぞ！」

「コマリ様……きれいなお花畑が見えてきました……」

「しっかりしろヴィル！　それは見えちゃいけないものだ！」

「無理です……コマリ様がチュウしてくれたら即座に復活できる気がします……」

「どういう物理法則でそうなるんだ⁉」

「待ってコマリさん、これ見て！」

唇を尖《とが》らせて迫ってくるヴィルの前に新聞が差し出された。さっき私の顔面に直撃したものである。

「何これ……六国《りっこく》新聞？」

「うん。白極連邦のことが書いてあるよ」

「コマリ様新聞なんかよりチュウのほうが大事ですよ」とのたまうヴィルをいったん無視し、記事に目を通してみた。そこに記されていたのは――

『白極連邦に政変　書記長を逮捕
白極連邦統括府は12日、イグナート・クローン共産党書記長を逮捕・一時拘束したと発表した。クローン氏には天照楽土《てんしょうらくど》への侵攻計画を練っていた疑いがかけられており、プロヘリヤ・ズタズタスキー六凍梁《ろくとうりょう》大将軍とアレクサンドル・アルケミー六凍梁大将軍によって暴露されたものと思われる。現状、クローン氏の権限はズタズタスキー氏に移譲され、共産党書記長代理として統括府の指揮を執《と》っていると思われる。思われる――と連続するのは当社も目下調査中だからである。なお統括府では異常な吹雪が続いているが、これも政変に関係している可能性が高い。続報に期待されたし。』

何が何だか分からなかった。今の私はハトみたいな顔をしていると思う。

ヴィルが「なるほど」と意味深に頷《うなず》いて、

「やはり陰謀ですね。ズタズタ殿には常ならぬ事情があったようです」

「お前、もう寒さはいいのかよ」

「コマリ様のお腹《なか》が温かいので回復しました。それよりも、はやくズタズタ殿のもとへ向かったほうがいいでしょう。この吹雪の原因も分かるかもしれません」

「まあそうだな、でもプロヘリヤはどこに――」

「――いたいた！　さっそく【転移】してきたのですね、テラコマリ・ガンデスブラッド！」

白く舞い上がる吹雪の向こうから、軍服を来た女の子が歩いてきた。

白い髪、赤い瞳《ひとみ》、どう見ても蒼玉種である。

苛立《いらだ》たしげに近づいてくると、つん！　と私の鼻先に人差し指を添え、

「さっさとお姉さまのもとへ来てください！　ここは〝赤の広場〟、党本部はすぐそこですからねっ」

「え？　党本部……？」

「ほら、きびきび動かないと凍死しますよっ！　別に私はあなた方が冷凍吸血鬼になろうと一向に構いませんが、それではお姉さまの計画に支障をきたしてしまいますからねっ、泣く泣く

迎えに来てあげたのです！　感謝しなさい、この蚊ども！」

「うむ、ありがとう。ところで、お前って誰《だれ》だっけ？」

女の子がそれこそ凍死したように固まった。

ヴィルが「ふっ」と噴き出して、

「……コマリ様、この方はジャングルの王者と謳《うた》われるピトリナ・モルキッキ殿ですよ。バナナを求めて三千里、こんな北国まで足を運んだのです。ちなみにコマリ様もよくご存知《ぞんじ》のハデス・モルキッキ中将の妹でもあります。ほら、よく見ると目鼻立ちが似ているでしょう？」

「そ、そうだった！　ごめんピトリナ！　お兄さんは元気か？」

ピトリナは「あああああ!!」とモルキッキみたいな悲鳴をあげて、

「ち・が・い・ま・すッ!!!　誰がチンパンジーですかっ！　私はピトリナ・シェレーピナ少佐ですっ！　白極連邦軍、ズタズタスキー隊の副官っ！　フレジールの温泉宿で会ったのを忘れたのですか⁉」

急速に頭の中の霧が晴れていった。

そういえば、こいつとは紅雪庵《こうせつあん》で色々あったんだ。なんかデカいハサミを振り回していたような記憶があるけど、どうして忘れていたのだろうか？　まあいいか。

ピトリナは「ちっ」と舌打ちをして踵《きびす》を返し、

「ほら、さっさと行きますよ。お姉さまが待ちくたびれていますっ」

「ピトリナ！　聞きたいことがあるんだ！　白極連邦で何が起こっているんだ……？」

「それを説明するために暖かいところへ行こうとしているのですっ！　それとも何ですか、この吹雪の中で延々説明を受けたいのですかっ⁉」

ごめんなさい。ピトリナの仰《おっしゃ》る通りです。

そこでふとロロッコが「ねえ！」と駆け寄ってきた。

「あなた、白極連邦の偉い人なんでしょ？」

「偉くはありませんよ。ただの軍人ですから」

「ドヴァーニャのこと知らない？　最近連絡がつかないのよ」

一瞬、ほんの一瞬だけピトリナが眉《まゆ》をひそめた。

しかしすぐに何事もなかったかのように視線を逸《そ》らし、

「……知りません。住居は党本部にあるので、そのどこかにいらっしゃるのでは」

「え～⁉　知らないの⁉　使えないわね」

「し、失礼すぎますねっ！　やっぱりあなたは蚊の妹ですっ！」

「きゃ～怖い～！」

ロロッコは笑いながら逃げていった。

☆

統括府の中心部に存在する〝赤の広場〟、その奥に党本部は建っていた。

外壁が血のように赤いため、普段はド派手な印象を与えるのだろうが、今は猛吹雪によって灰色に染め上げられてしまっている。

中に入った途端、白亜の廊下がずーっと続いているのが見えた。

リンズが辺りをきょろきょろと見渡し、

「思ってたより質素なんですね……？　もっと派手な宮殿かと思ってました」

「共産党の方針ですよ。この建物は旧皇帝一家の居城ですが、その中でもいちばん地味で小さいものを使用しております」

「へえ……」

「……ねえヴィル、白極連邦にも皇帝がいたの？」

「二百年くらい昔の話ですけどね。当時は〝白極帝国〟という名称だったそうですが、今の共産党が革命を起こして白極連邦に生まれ変わったのです」

なるほど、アルカみたいな感じなのか。

まあ、二百年も昔なら皇帝一族はもういないんだろうけど。

そんな感じで想像を巡らせながら廊下を歩いていると、ふと、前方から奇妙な風体の青年が歩いてくるのが見えた。

まるで古《いにしえ》の魔術師のような群青のマントを羽織っている。

明らかに怪しいので見なかったことにしようと思ったが、彼はこちらに気づくと「おや」と声をあげて笑みを浮かべた。

「ガンデスブラッド将軍だよね？　これからプロヘリヤに会いにいくのかい？」

「え？　あ、うん、そうだけど……」

「そうか、ぜひあの子に協力してやってくれると嬉《うれ》しいな」

身長は私よりもはるかに高い。髪は濃い青色。どことなく中性的な雰囲気のただよう美青年だった。

ヴィルがむすっとした表情で私の前に出て、

「あなたはどこの馬の骨ですか？　どうせ変態なのでコマリ様に気安く話しかけないでいただけると嬉しいのですが」

「おいこらヴィル！　失礼だろ！」

「いや、名乗りもしなかったこちらのほうこそ失礼だったよ。僕は六凍梁のアレクサンドル・アルケミー。〝琥珀王子《こはくおうじ》〟なんて呼ばれることもある」

琥珀。確かにアレクサンドルの瞳は琥珀のように輝いている。

それにしても六凍梁か……ってことは、十中八九フレーテみたいに凶暴なやつなのだ。不興を買わないように穏便な対応を心がける必要があるな。

「琥珀王子殿。それ以上コマリ様に近づいたら鼻から痺《しび》れ毒を流し込みますよ」

やめろ。

「ごめんごめん、僕はきみの大事なお花に何かをするつもりはないんだ。そっちのきみも不安そうな顔はしないでほしいな」

「あ、いえ、その……」

リンズがモジモジして俯《うつむ》いてしまった。いったいどうしたのだろう。

ピトリナが「何をしているのですか琥珀王子」と険のこもった目で睨《にら》み、

「油を売っている暇はないはずです。今の統括府は騒擾《そうじょう》の只中《ただなか》でありますよ」

「もちろん分かってるよ。僕が何とかしなければならないね」

私は琥珀王子を見上げ、

「白極連邦で何が起きてるんだ？　なんか大変そうだけど……」

「簡単に言えば、書記長が逮捕された。僕とプロヘリヤが結託して退治したんだけどね」

「た、退治……？　何でそうなったんだ……？」

「それはもちろん、書記長が悪いことを企《たくら》んでいたからさ。人をいたずらに傷つけようとする者を許してはおけない。僕の正義の魔法はどんな悪人も射抜いてみせるから、きみたちは安心して統括府を楽しむといいよ」

琥珀王子はパチリとウインクをかました。「☆」が弾《はじ》けるほどの爽《さわ》やかさだ。

「コマリ様、目に毒なので私の背後に隠れていてくださいね」

「いや、ただのウインクだろ」

「きゃ〜っ！　かっこいい〜！」

ロロが黄色い声で悶え、遠慮会釈なしに琥珀王子の右手をつかみ、

「ねえアレクサンドル様、私、あなたの『悪者は許せない』っていう考えに感服したわ！　よかったらサインをくださらない？」

「おいロロ！　ミーハーにもほどがあるだろ！」

「ははは……困ったね。生憎《あいにく》とペンも色紙も持っていなくて……」

そこで琥珀王子は「そうだ」と思い出したように懐《ふところ》を漁《あさ》る。

きらきらと光を反射する氷のオブジェが出てきた。

「氷の薔薇《ばら》なら持っているよ。サイン代わりに受け取ってほしい。可愛《かわい》らしいきみにぴったりだと思うから」

「え？　え？」

「はい、どうぞ」

琥珀王子はロロの前に跪《ひざまず》き、姫君にそうするかのように氷の薔薇を進呈した。

ロロの心臓が『ずぎゅーん!!』と爆発《ばくはつ》するような音を発した。

「きゃーきゃーきゃー！　アレクサンドル様、素敵！」

「喜んでくれたみたいで嬉しいよ」

「私、もっとアレクサンドル様とお話しがしたいわ！　よかったらこの後、一緒にお茶でもいかが？　おすすめのお店を教えてくれると嬉しいな～っ」

「お前、ヘルデウスはどうしたんだよ」

「飽きたわ！」

やっぱりこの妹は悪魔だ。琥珀王子は「ごめん」と困ったように微笑《ほほえ》み、

「これから仕事があるんだ。残念だけど、ここでさよならだね」

「え～！　でもお仕事を頑張ってるのも素敵だわ！　終わったら連絡ちょうだいね！」

「うん。ロロ、またね」

「は～い！」

琥珀王子は手を振って去る。歩き方がいちいち様になっているのを見るに、そうとう高貴な家柄の出身なのではないだろうか。

「……あの方はいったい何者なのですか？　明らかに不審者の香りがしましたが」

「琥珀王子はお姉さまに次いで人気のある六凍梁ですよ？　甘いマスクと王子様のような立ち居振る舞いで大量の女性ファンを獲得しているんです。まあ将軍ってのは人気商売なので、琥珀王子のスタンスは間違いではないのですが……」

そこでピトリナは思い出したように振り返り、

「と・に・か・く！　さっさとついてきてください！　すでにムルナイトと天仙郷《ようせんきょう》以外の連中は集まっているのですからねっ！」

「え？　そうなの？」

ピトリナは無視してずんずん進んでいった。

私とリンズは顔を見合わせる。

☆

一方その頃《ころ》、党本部の外壁にへばりつく二人組がいた。

新聞記者のメルカと猫のティオである。

「メルカさん……今って夏ですよね……？　寒くて凍え死にそうなんですけど……」

「死んどる場合かーっ！　この異常気象の原因を突き止めるのも私たちの仕事でしょーが！」

「メルカさんはいいですよね、蒼玉だから。こんな寒さなんてものともしないんでしょ？　でも私は普通の獣人なんです、このままだと冷凍猫になっちゃいますっ！」

「あんたも毛皮があるじゃない」

「そんなに毛が生えてるように見えますか⁉　私の猫要素なんて耳と尻尾《しっぽ》くらいですよ！」

「それもそうね。あんたって猫のコスプレをしてる連中と同じだったわ」

「それはそれでひどくないですか⁉」

歯がカチカチと鳴って上手《うま》く声を出すことができない。何故《なぜ》自分がこんな目に遭わなければならないのか――それはひとえに鬼上司の暴走による。

ついさっきまで自宅の縁側でアイスを食べていたのに、いきなりメルカが『今から白極に行くわよ！　来ないと丸焼きにするから！』などという連絡を寄越《よこ》してきた。断れば死ぬので行くしかない。社畜のサガが染《し》みつきつつある。

で、白極連邦に着いたら何故か真冬なのだ。

今日ほど力強く退職を決意した日もなかなかない。

「猫かどうかなんてどうでもいいわ、それより私たちはスクープをゲットしなくちゃいけないの！　ほら、そんなに寒いんだったら私のマフラー貸したげるから！」

「……どういう風の吹き回しですか？」

「死なれたら困るのよ！　手駒がいなくなっちゃうからね！」

メルカはティオの首にマフラーを巻いてくれた。

ツンデレじみているが、そのセリフにデレが一切《いっさい》ないことはよく知っていた。

「あんたも昨日の一面を見たでしょ？　白極支局のやつら、ろくに調査もしないで適当な紙面を作りやがったの！　記者たるもの、きちんとした情報をお茶の間にお届けしなくちゃいけないのに！　だから私たちが塗り替えてやるのよ、最高の真実と虚飾でね！」

そういえば、確かに昨日の新聞には『よく分からない』とか『だと思われる』とか『続報に期待しろ』みたいな曖昧《あいまい》な文言《もんごん》が綴《つづ》られていた気がする。

だからといってティオは書いた人を責める気にはなれなかった。

こんな場所に突撃取材できるほうがイカれているから。

「白極支局のやつらは軟弱だわ、新聞記者としてのプライドもないみたい！」

「まあ、寒いから面倒くさくなったんでしょうねえ……」

そこでティオは思い出し、

「でも、メイヨウさんはやる気みたいでしたよ」

「メイヨウ？　天照楽土支局のアル・メイヨウのこと？」

「はい。なんか今朝《けさ》連絡がきて、『いい取引先を見つけた！』って興奮してました」

「あんな拝金主義者と関わるんじゃないわよっ！」

ぽこん、と頭を殴られた。

パワハラカウンター＋1。訴える時の手札が増えた。

「いーい？　私たちが目指すのは世界の変革なのっ！　ああいうコウモリみたいな連中とつるんでいたら、勘がにぶって大事なスクープを逃しちゃうわよ」

「だってあの人、研修の時の先生でしたし」

「忘れろー！　会社の新人研修ってもんはね、現場に配属されたら一ミリも役に立たないのが世の常なの！　今の上司は私なんだから、あんたは私に従ってればいいのよっ！」

ガクガクと肩を揺さぶられた。

アル・メイヨウ。それはティオが六国新聞に入社した当初、研修担当として新聞記者のイロハを教えてくれた夭仙《ようせん》の名だ。

そのモットーは『金と安全がだいじ』。

メルカとは正反対の価値観で、権力におもねって偏向報道をすることもしばしば。

実はメルカと同期であり、昔から馬が合わずに殴り合いのケンカをしてきたらしい。

メルカが「そんなことよりも！」とティオの肩をぎゅっとつかみ、

「今はスクープよ！　白極連邦で何が起きているのかを突き止めないとね！」

「でもメルカさん、党本部を張っていて分かるもんなんですか？　かれこれ三十分はこうしてますけど、それらしい情報なんて何も入ってこないですよね？」

「三十分で分かるわけないでしょーが！　必要とあらば百年だって張り込むのよ！」

「えええええ⁉　百年もこんなところにいたら霜焼けになっちゃいますよぉっ‼　やるんだったらもっと効率のいい方法を――」

そこでティオの鼻が動いた。ひらひらと舞う雪片《せっぺん》に混じって、嗅《か》ぎ逃すことのできないにおいが漂っている。

「――め、メルカさん！　テラコマリですっ！」

「は？」

「テラコマリのにおいがするんです！　それだけじゃありません、このにおいは……たぶん、アマツ・カルラやネリア・カニンガム！　間違いないです！」

メルカの目がきらりと輝いた。

がしっとティオの首に腕を回し、

「でかしたわティオ！　党本部で何らかの計画が動き出していることは確かね！　しかも六戦姫が揃《そろ》い踏み――こんなの死を覚悟で突撃するしかないわ！」

「では私は自分の役割を果たしたのでこの辺で……」

「あんたも行くのよっ!!」

メルカがハンマーで窓ガラスを叩《たた》き割った。

さっきまで「寒いから建物に入りたい？　馬鹿《ばか》も休み休み言いなさい、下手に侵入したらバレるでしょうが！」とか言ってたのに、この即断即決は何。

「メルカさん、これ強盗みたいなもんですよ！」

「大丈夫、ちゃんと消音してるから！」

「でも後でバレたら絶対怒られますよね!?」

「どーでもいいのよそんなこと！」

ティオはメルカに首根っこをつかまれて連行されていった。

あ、でも室内はあったかい。

☆

「コマリ！　ようやく来たのね！」

ピトリナに案内されて広間に入ると、両手を開いたネリアに出迎えられた。

この寒さなのに太陽のような元気さだ。

傍《かたわ》らにはガートルードも控えており、こちらに向かって無言で一礼をする。

「ネリア？　やっぱりお前も呼ばれていたのか」

「私だけじゃないわよ？　他《ほか》の国の連中も勢揃いしているわ」

言われてぐるりと部屋を見渡した。

長方形の長～いテーブルには、顔見知りが何人か腰かけていた。

こちらに手を振っているカルラ。その隣で羊羹《ようかん》を食べているこはる。椅子《いす》にふんぞり返っているリオーナ。

しゃん、と鈴の音が鳴り、

「こんにちはコマリさん。プロヘリヤさんから話を聞いていますか？」

「聞いてないけど……カルラは何か知っているのか？」

「これから説明があるかと思いますが……私から言えることはないのでお待ちくださいね」

カルラはそう言って緑茶を啜《すす》った。

あの様子だと事態を把握しているに違いないが、教えてくれる気配はない。

戦々恐々《せんせんきょうきょう》としていると、ネリアが「大丈夫よ！」と私の背中をバンバン叩《たた》いた。

「コマリが不安に思うことはないわ。いつもと同じようにやっていれば問題ないわよ」

「いつもって何？　引きこもってればいいの？」

「将軍の仕事は戦争することでしょ？」

「やっぱり戦争じゃねーか！　というか私の部屋に撃ち込まれた銃弾は何だったんだ⁉　下手《へた》すりゃ死んでたぞ⁉」

「そんなことされたの？　まあ死んでないんだからいいじゃない」

「よくねえ‼」

私がどれだけ騒いでもネリアは取り合わなかった。

ふと見れば、カルラのやつも落ち着いた様子でお茶菓子をつまんでいる。あいつもプロヘリヤから野蛮なお誘いを受けたはずなのに、あの冷静さは何だ？　カルラらしくないぞ？　もっとわちゃわちゃしたらどうなんだ？

「ネリア、私の本能が『帰れ』と言ってるから帰ってもいいか？」

「せめてプロヘリヤと話をしていきなさいよ」

「そのプロヘリヤはどこなんだ」

「それがなかなか来ないのよねー。ピトリナ、ズタズタはまだなの？」

ピトリナが「はあ」と肩を竦《すく》め、

「何度言えば分かるんですか？　もうすぐいらっしゃるので大人しく待っていてください」

「私たちはゲストなのよ？　しかもあんたらの革命の協力者なの。もし寝坊とかふざけたことを抜かすなら、寝室に押し入って引きずり出してやるわ」

ガートルードが慌てる。

「やめてくださいネリア様っ。他人《ひと》のことは言えませんよ。……それに、そんな無茶なことをしたら国際問題になっちゃいます」

「もうなってるでしょうが。これだけの連中を集めるなんて普通じゃないわよ」

ネリアはぐるりと部屋を見渡した。

私の後ろにいるリンズも含めれば、六国の将軍すべてが招集されたことになる。

いやまあ、リンズは〝元〟だけど。あとカルラも将軍じゃなくて大神《おおみかみ》なんだっけ。ネリアは大統領と将軍の兼任だった気がするが――とにかくプロヘリヤが何を考えているのか早く知りたい。

「プロヘリヤのことだから、寒くて部屋から出られないんじゃない？」

リオーナが天井を見上げながら言った。

「あいつ、びっくりするほど寒がりだからねえ。慌ててカイロの準備をしてるのかも」

「リオーナ、お前も何が起きているのか知ってるのか？」

「もちろん知ってるよ？　知らないのはテラコマリとリンズだけじゃない？」

「何で私たちには教えてくれなかったんだ……⁉」

「さあ？　何か考えがあるんだろうけどねえ」

とにもかくにもプロヘリヤを待つしかないようだ。

異変が起きているのは確実である。

ネリアやカルラ、リオーナは、事前に説明を受けている気配だ。そして新聞には『書記長逮捕』というセンセーショナルな文字が躍っている。統括府を襲っている吹雪も意味が分からない。分からないことが多すぎて頭が痛くなってきた。こういう寒い時は部屋に引きこもるのが希代の賢者の流儀なのに――

そこでふと、この場にいるべき人物がいないことに気がついた。

「……ん？　ロロのやつはどこに行ったんだ？」

「あ、ロロならお手洗いに行ったよ」とリンズ。

「それは十中八九口実ですね。これから始まる会議が面倒になったのでしょう」

「相変わらず自由なやつだな……」

迷子にならなきゃいいけど。まあ、あいつは【転移】の魔法石を持っているから何かあってもムルナイトに戻れるはずだ。

「コマリ様、暇なのでUNOでもしませんか」

「今はそれどころじゃないだろ。プロヘリヤのことを考えなくちゃ――」

その時、『ばこーん!!』と勢いよく扉が開かれた。

その場にいた全員が仰天して振り返る。

いつの間にか私の背後に仁王立《におうだ》ちしていたのは、もこもこのマフラー、手袋、セーター、帽子、無数のカイロ、その他あらゆる温かそうなアイテムで完全武装した少女――プロヘリヤ・ズタズタスキーである。

「遠路はるばるよく来たな！　統括府は諸手《もろて》を挙げて諸君を歓迎しようではないか！」

「プロヘリヤ……!?　何だその服装は!?」

「冬なのだから当たり前だろう？　どれだけ暖房をつけても寒くて敵《かな》わん」

プロヘリヤの足取りは一歩一歩が重かった。

あの厚着のせいで登場が遅れたに違いない。

「まるで熊さんだね……」

リンズが耳元でぼそりとつぶやいた。笑ってしまいそうになるからやめてくれ。

「あははは！　何その服!?　まるで熊だよ!?」

リオーナが大声で笑っていた。私も思わず「ぷっ」と噴き出してしまった。プロヘリヤは

不機嫌そうに口を尖らせ、

「……ふん、ここにいる者たちは寒さを知らない富裕層のようだな。生きるか死ぬかの状態に陥《おちい》った人間は、デザインだのプロポーションだのは二の次になるのだ。この部屋が私好みの温度になるまで熊状態を貫かせていただこうじゃないか」

部屋の隅では暖房用の魔法石がガンガンに稼動していた。

そろそろ暑いくらいだが、プロヘリヤにとっては活動不可能な温度らしい。

ネリアが「やっとお出ましなのね」と肩を竦め、

「さっさと説明したら？　コマリも待ちくたびれてるわよ？」

「悪かったな！　では迅速《じんそく》に説明するが――私はここにいる者たちにエンタメ戦争の申し込みをしたくて呼んだのだよ！　ピトリナ、コーヒーを用意してくれたまえ」

「は。ただ今」

プロヘリヤは「よいしょ」とお誕生日席に腰かける。

エンタメ戦争……ってことは、あのメッセージは気の迷いでも何でもなかったのだ。

ヴィルが真面目《まじめ》な顔でプロヘリヤを見つめて言った。

「ズタズタ殿、理由を聞かせていただけますか？　エンタメ戦争がしたいのなら正規の手続きをすればよいものを、銃弾を撃ち込むなんてひどすぎますよ。いくら白極連邦がラペリコと同レベルの野蛮国家とはいえ、あれではチンパンジー以下です」

「おいヴィル、自然な流れでケンカを売るな！」

「ケンカ売ってるの⁉　ラペリコはちゃんとした国なんだからね⁉」

「ごめんリオーナ！　メイドの妄言だから気にしないでくれ！　チンパンジーはとても紳士的だ！」

「わっはっは！　あのメッセージは単なるセレモニーだ！　私がこれから始める〝白銀革命《はくぎんかくめい》〟の始まりを告げる狼煙《のろし》みたいなものよ！」

「革命……？」

また不穏なワードが出てきやがった。言われなくても分かる――絶対に物騒なやつだと。これで中身がドーナツ早食い大会とかだったらプロヘリヤに拍手を送りたい。

「やはり戦争が目的なんですか……？」とリンズ。

「戦争は手段であって目的ではない。そうだな、分かっているさ、諸君の頭の内部は疑問符で埋め尽くされていることだろう。白極連邦で何が起きているのか、この異常な寒さの原因は何なのか、そして私が何を求めているのか――順々に説明してやろうではないか」

プロヘリヤは獰猛《どうもう》に笑ってそう言った。

☆

ロロッコ・ガンデスブラッドは党本部をふらふらと歩いていた。

共産党の本部なんて普通じゃ入れないし、この機会に色々と見学しておきたかったのだ。

それに――ドヴァーニャのことも心配である。

あのピトリナという少女は明らかにドヴァーニャの居場所を知っていたが、その口ぶりからは「教える気はないよ」という意思がありありと見て取れた。

となれば、自力で捜索するしかないのだ。

殺風景な廊下をひたすら歩く。

すれ違う蒼玉たちは、てんやわんやの大騒ぎだ。

政変が起きたという話だから、それに付随して官吏《かんり》も軍人も大忙しなのだろう。

ロロのことをチラ見はしてくるものの、「我関せず」とばかりに通り過ぎていく。

「ドヴァーニャ、どこかな～……ん？」

白亜のコンコースの隅っこに、どこかで見たことのある顔を発見した。

新聞とかに載っていた。そう、あれは確か、〝常世《とこよ》〟とかいう異世界を根城《ねじろ》にしている――

「――そういうわけなのじゃ！　カルラを狙《ねら》う不埒《ふらち》者は退治する必要があるからな！」

「ほーう？　つまりクレメソス504世ちゃんがこの政変を主導したと？」

「ううん、主導したのはプロヘリヤ・ズタズタスキーなのじゃ。あとネリアとカルラが頑張ったと聞いておる。しかし、余の部下であるトリフォンも協力したのじゃ！　ということは、余

のじゃっ

も悪者退治に貢献したも同然！」

「ほうほう？　そのトリフォンという人は、いったいどんな活躍をしたので？」

「よく分からない！　が、あれはおそらくネリアから教わった秘奥義――〝脅迫〟の亜種じゃな。この国に巣食っている悪者たちは、トリフォンを怖がって逃げ出してしまった。神聖レハイシア帝国の威光はこちらの世界にまで届き始めているようじゃな」

「ほーう……」

片方は確か〝クレメソス504世〟という蒼玉の女の子だ。小さな帽子をちょこんとかぶり、かたつむりの殻みたいなキャンディーを嬉しそうに握っている。新聞によれば、常世という異世界を統《す》べる偉い人――だった気がする。

そしてもう片方は新聞記者のようだ。どことなくフクロウを思わせる落ち着いた風貌《ふうぼう》をしているが、たぶんあれは神仙《しんせん》と獣人のハーフ。右手に長方形の物体（おそらく音声を記録するものだろう）を携え、クレメソス504世に取材をしていた。

シチュエーションがよく分からない。

が、ロロッコはビビッとくるものを感じて聞き耳を立てる。

「トリフォン……聞いたことありますねえ。確か、昨年末の〝吸血動乱〟の首謀者がそんな名前だったと記憶しておりますが……いえ記憶違いだったでしょうかねえ」

「きゅうけつどうらん？　よく分からんが、トリフォンは逆さ月というグループに所属していた蒼玉じゃ！　れっきとした余の部下！」

「逆さ月……」

「で、メイヨウとか言ったな？　そなたは何用で白極連邦に来たのじゃ？」

「もちろんあなた方と同じですよ？　ズタズタ閣下は金払いがいいですからねえ、長い物には巻かれろってのが私のモットーの一つなんです」

「のじゃ～？　そなたも観光に来たのか？」

クレメソス504世は飴《あめ》を舐《な》めながら純粋に問うた。

新聞記者はクスリと笑い、

「ほうほう。あなたはお飾りなのですね」

「違うのじゃ！　最近はテラコマリ先生に色々と教えてもらっているから、神聖レハイシア帝国の実権を取り戻しつつある！」

「――クレメソス504世猊下《げいか》。いったい何の話をしているのですか」

二人に近づいてくる影が一つ。それに気づいた瞬間、クレメソス504世が「ぴい」と可愛らしい悲鳴をあげて身を竦めた。

「と、トリフォン！　随分遅かったではないか！　いったいどこで油を売っていたのじゃ？」

「作業ですよ。身を潜《ひそ》めている〝クローン派〟を炙《あぶ》り出す必要がありますからね」

「そうかそうか！　それは大儀であった！」

「猊下こそ余計な真似《まね》はしないでくださいね？　外で雪だるまでも作っていればいい」

「でも……」

「その飴はどうしたのですか？　まさか無駄遣《づか》いしたのではないでしょうね？　小さい贅沢《ぜいたく》をしていると貯金は捗《はかど》りませんよ。その調子では二十代、三十代になった時にきっと後悔するでしょう――あの時節約しておけばよかった、と」

「ち、違うのじゃ。これは……」

クレメソス504世が表情を歪《ゆが》めた。泣いちゃいそう。

ロロとしては文句の一つでも言ってやりたい気分だが――〝トリフォン〟や〝吸血動乱〟という聞き覚えのあるワードが足を重くさせた。あいつは、ロロが大きく傷ついた去年の戦いの首謀者、つまりテロリストなのだ。

「あのぉー。その飴は取材に応じていただいたお礼に私が差し上げたものですよ」

新聞記者のフクロウがおずおずと手を挙げ、

「申し遅れましたが、私はズタズタ閣下に招かれ新政府の広報を担当することになります六国新聞のアル・メイヨウ。どうぞお見知りおきを」

「猊下にお菓子を与えないでください」

「これはこれは失礼。……重ねて失礼なのですが、あなたは逆さ月のトリフォン・クロス様ですよねえ？　各国に指名手配されていたと思いますけれど……」

トリフォンは「ふ」と鼻で笑い、

「それも含めて説明いたしますよ。あなたのことはすでにズタズタスキーから聞いておりますので。……さあ猊下、行きますよ。その飴はなるべく早く始末してしまうように」

「のじゃ！」

クレメソス504世は急いで飴をぺろぺろ舐め始める。

奇妙な三人組を見送りながら、ロロは何やら得体の知れない策謀が動いていることを実感した。ドヴァーニャも巻き込まれているに違いない。

慌てて身を翻《ひるがえ》すと、トリフォンたちとは別の方向に走り出す。

☆

「――まずもって書記長イグナート・クローンは逮捕された。この事実はすでに発表済みであるからして、テラコマリも承知していることだろう？」

ピトリナがコーヒーカップにコーヒーを注《そそ》いでいく。

プロヘリヤは私を見つめ、悪の大魔王みたいな表情を浮かべて口火を切った。

「何で逮捕されたの？　もしかして万引きとか……？」

「いいえコマリさん。書記長イグナート・クローンさんは、天照楽土に侵攻する計画を立てていたそうなのです」

　カルラが真剣な表情で説明してくれた。

　プロヘリヤが「うむ」と頷いて、

「アマツ・カルラの言う通りだ。連邦軍はエンタメ戦争あるいは自国防衛のためにしか動かしてはならないという法律があるのだが、書記長はこの禁忌《きんき》を破り、四名の六凍梁と結託して侵攻を企《くわだ》てていた。私ともう一人の六凍梁、琥珀王子アレクサンドル・アルケミーは協力してそれを暴露し、書記長と共謀者どもを拘束したというわけさ」

「ちょっと。私が手を貸したのを忘れたわけじゃないでしょうね？」

「おっとそうだったな。クローン派の連中を攪乱《かくらん》してくれたのはアルカと天照楽土だった。おかげで迅速に目的を達成することができたよ、ありがとう」

「ちょっと待て。ネリアやカルラはそのクーデター？　に参加してたってことなのか……？」

「はい。天照楽土に災厄が降りかかる恐れがあるならば、大神である私が動かなければなりませんから」

「実際に動いたのはほとんど鬼道衆《きどうしゅう》」

「こはる、鬼道衆は私の手足ですよ？　つまり私の手柄ということです」

「うん。カルラ様は部下の手柄を横取りするいい上司だって報告しておくよ」

「やめてください！　全部こはるのおかげですありがとうございます！」

「天照楽土だけじゃないわ、もちろんアルカも協力したわよ？　ズタズタが泣きついてくるなんて珍しかったからねえ、恩を売っておく絶好のチャンスだったし」

「私も忘れてもらっちゃ困るよ！　逃げる六凍梁たちをボコボコにしたのは私とカピバラたちなんだからねっ？」

知らないうちに物騒な陰謀が渦を巻いていたらしい。

だが私は一つ気になることがあった。

「……何で私とリンズには声をかけなかったんだ？　まあ声をかけられても困るんだけど」

「適材適所の人物を選定しただけさ。こういう荒事にはネリア・カニンガムやリオーナの腕力がものをいう。アマツ・カルラは当事者だったからついでに声をかけてやったまでだが」

「ではズタズタ殿は他国と結託して未然に戦争を防いだというわけなのですね。意外と常識的なところもあるじゃないですか」

「そう褒《ほ》めるな。――しかし、やつとて無策ではなかった。投獄される直前、何らかの魔法を発動して統括府を真冬にしてしまったのだ。これは私の動きを封じるためと思われるが、やつの作戦は成功だな。ああ忌々《いまいま》しい、寒くて寒くて元気マイナス100倍だ」

寒さが苦手なプロヘリヤには有効な攻撃である。

それにしても書記長の狙いが分からない。

あの人とは天舞祭《てんぶさい》の前に行われたパーティーで顔を合わせたけど、領土を増やすために天照楽土に侵攻――なんていう短絡的な行動をとるような人物とは思えなかった。

「ちなみにこの冬はいつ終わるのですか？　放置しておくとコマリ様が冷凍食品になってしまいます」

「まず私は食品じゃないんだけど」

「分からんね。おそらく煌級《こうきゅう》の魔法石を使ったのだろうが、止める方法を知るには尋問するしかない。その役目はピトリナや私の同志が担《にな》っているが、一向に吐く気配がないな。ゆえに最終手段としてとある人物を招聘《しょうへい》したところだ」

「とある人物？　拷問のスペシャリストですか？」

ヴィルが不審そうに首を傾《かし》げた時――

『ギィイイイイ』……と背後の扉が開かれていく気配。

何となしに振り返ってみると、半開きになった扉から私を見つめる紅色の瞳が見えた。

怖すぎて椅子からひっくり返りそうになった。

「あ、ご、ごめんなさいコマリさん！　びっくりさせちゃって……」

「サクナ⁉　どうしてここにいるんだ⁉」

「えへへ……プロヘリヤさんにお仕事を頼まれちゃいまして」

サクナがそろそろと部屋に入ってくる。

血みたいなにおいがした。

サクナの右腕が真《ま》っ赤《か》に染まっている。

え？　あれって本物の血？　ケチャップじゃないよね？――一同の唖然《あぜん》とした視線に気づいているのかいないのか、サクナはトテトテとプロヘリヤのほうに歩み寄り、

「書記長さんを殺しました」

「殺したの⁉⁉」

「でかした！」

プロヘリヤが拍手喝采する勢いで立ち上がった。

しかしサクナは申し訳なさそうに眉をひそめ、

「でも記憶は読めませんでした。何故か星座になっていないんです。ぜんぶ真っ白で……あんな人、初めてです。【アステリズムの廻転《かいてん》】が通用しないなんて……」

「ふむ……自らの記憶に何らかの封印を施したのかもしれんな」

「あの、試しにもう一回やってみてもいいでしょうか？」

「ん？　何度も殺したって結果が変わるわけではなかろう」

「でも！　こんなの初めてなんですっ！　お願いです、やらせてください！」

「そうか……そこまで言うのなら試してみてくれたまえ。ほどほどにな」

「はいっ！　じゃあ殺してきますねっ」

サクナは嬉しそうに去っていった。

扉の向こうに消える直前、はにかんだような表情でこちらに手を振ってくれる。

私はにこやかに手を振り返しながら考える――『もしかしてサクナってテロリストタイプの人なのか？』と。

いや待て。そんなはずはない。サクナは心身ともに清楚《せいそ》な美少女じゃないか。間違ってもミリセントやスピカ、フレーテのようなテロリスト系吸血鬼ではない。いやでもさっき嬉しそうに「殺してきますねっ」とか言ってたよな？　仕事だから仕方なくっていう雰囲気が全然なかったよな？　いやいやでもサクナは美少女だし――分からない。苦渋の決断だが、危険度評価値を1から2に上げておこうかな。

「――とまあ、そういうわけで、吹雪を止める手立ては今のところ存在しない」

プロヘリヤはコーヒーを一口飲み、

「いずれにせよ前提条件はこれで終わりだ。書記長の暴挙を止めるために私はクーデターを起こし、書記長代理となった。今はまだ〝書記長逮捕〟くらいの情報しか公開していないが、順を追って世間に公表する予定だよ」

「それは分かりましたが、あのメッセージと何の関係があるのですか？　我々に宣戦布告をするとは命知らずも甚《はなは》だしいですね」

「そ、そうだ！　それが大事だ！　戦争なんて冗談じゃないからな！」

プロヘリヤは「そう慌てるな」と不敵に笑い、

「書記長の野望は世界征服だった。私はその考えを継承したいと思っているのだよ」

「は？　え？」

「だがもちろん、武力で無理矢理屈服させるのは間違っている。やるなら双方が納得した状況で勝負を行い、そのうえで屈服させなければならん」

「いやいやちょっと待て！」

私はテーブルに両手をついて立ち上がり、

「世界征服ってお前、何言ってんだ⁉　悪の組織かよ⁉」

「いいかね、六国はいま窮地《きゅうち》に立たされている。逆さ月は鳴りを潜《ひそ》めているが、天文台に星砦《ほしとりで》――人民に危害を加える可能性のある悪党がのさばっているのだ。我々はやつらに対抗するためにも団結をしなければならない。だから世界を一つにまとめる必要があるのさ、征服することによってね」

「ズタズタ殿、世界征服はコマリ様がやるので必要ありませんよ」

「おいヴィル変なこと言うな」

「それでは不十分なのだ。テラコマリやネリア・カニンガムが思い描く世界征服というのは、結局のところ仲良しこよしのお友達グループにすぎない」

「それ、何度聞いても腹が立つわね。真っ二つにされたいの？」

「温度差というものは必ず生じるのだよ。たとえばムルナイトやアルカがテロリスト討滅に熱をあげたとしても、それ以外の国が同じ熱量でもって取り組むとは到底思えん」

カルラが「はあ」と額《ひたい》に手を添え、

「何度も言っているじゃありませんか。天照楽土も協力いたしますよ」

「えっと……夭仙郷はコマリさんのものだから大丈夫だと思いますよ……？」

「ウチはどうだろうねえ。王様があんな感じだから」

カルラ、リンズ、リオーナがそれぞれ反応する。

しかしプロヘリヤの考えは変わらないようだ。

「いわゆる六国同盟には必ず破綻《はたん》が訪れるのだよ。それは先代大神が語った未来からも明らかさ――テラコマリ、お前も聞いているんじゃないかね」

「え？　ああ、聞いてるけど……」

「私は書記長から聞かされたよ。先代大神の正体、【逆巻《さかまき》の玉響《たまゆら》】による予言、そして二年後、いや今から一年後に起きる終末戦争の結末をね」

先代大神とは、未来のカルラのことだ。

カルラのお兄さん――アマツ・カクメイによれば、未来ではなんか色々あって大変なことになっているらしい。私もスピカにブチ殺されるという話である。冗談ではない。

「歴史に学ばないのは愚者のすることさ。まあこの場合の歴史とは未来のことだが――とにもかくにも、私はテラコマリ主導の同盟では限界があると見ている。これに関しては私と書記長の意見は一致している」

「話が長いですよ。ズタズタ殿は何を言いたいのですか」

「つまり――統帥権の帰属が問題なのだよ！」

バッ!!――と、もこもこの服を脱ぎ捨てた。

暖房が効きすぎて夏レベルで暑くなってきたのだ。

リンズが「とうすいけん？」と私のほうを見た。私も「とうすいけん？」とヴィルのほうを見た。ヴィルは「なるほど。とうすいけんですか。考えましたね……」と神妙な顔をしていた。お前も分かってねえだろ。

プロヘリヤが「説明しよう！」と声を張り上げ、

「統帥権とはすなわち、非常時において六国の軍隊すべてを指揮する権利のことを言う！　指揮系統がしっかり整っていれば、どんな困難にも問題なく対処できるはずだ！　そしてそのトップに立つべきなのは、とりもなおさず〝強い〟者！」

「まさか……」

「強さとはカリスマ！　六国を束《たば》ねるカリスマ性のある者だけが統帥権を手に入れることができるのだ！　白銀革命の最終目的は、六国すべてを白極連邦の指揮下に置くことなのだよ」

「残念ですがズタズタ殿、そんなことをしたら吸血鬼が黙っていませんよ」

ヴィルの言う通りだった。

私としてはプロヘリヤが指導してくれても全然構わないのだが、ムルナイト帝国には血の気の多いヤツが腐るほどいるのだ。

「何も常日頃から白極連邦の支配下に入っていただくわけではない。あくまで非常事態の時だけだ。だがそれでも反発はあるだろうから提案しているのだよ、公平なエンタメ戦争をね」

「勝った国が統帥権を獲得するということですか」

「理解が早くて助かるね。最初からそういう名目を掲げていれば、各国の人民も納得はするはずだ。白銀革命の次なる段階、それは統帥権の帰属を決めるための戦争――六戦姫がしのぎを削り合う一大エンターテインメントだ！」

どん!!――と効果音がつきそうなほどの迫力でプロヘリヤは宣言した。

ああ。なんてこった。

またよく分からんバトルが始まってしまう――そういう不安が育っていったが、よくよく考えてみれば、べつに受けなければいいだけの話なのである。いつもは変態メイドが勝手に戦争のスケジュールを入れているが、今回は私に選択権があるのだ。

「悪いがプロヘリヤ、私は平和主義なんだ。非常時のリーダーを決めるのは別に構わないが、じゃんけんか双六《すごろく》で決めないか？」

「それでは誰も納得しない。強さこそがカリスマ性だと言っただろう？」

「だいたい私はただの七紅天だぞ。そんな重要なバトルを勝手に始める権利なんてないよ」

「お前の意思が重要なのだよ。テラコマリの意思決定には、すでに大勢の人を動かすだけの力があるのさ。だから私は皇帝陛下ではなく六戦姫であるお前をここに呼んだのだ」

「意味が分からねえ」

確かに六国がまとまることに意義はあると思う。

私のお母さんも「六国をまとめろ」と言っていた。しかしそれはエンタメ戦争とかで無理矢理そうするんじゃなくて、きちんとした話し合いで協力しろって意味だと思うのだ。

「ふむ……どうやら乗り気ではないようだな？」

「当たり前だろ」

「だがネリア・カニンガムやアマツ・カルラは白銀革命への参加を承諾しているが？」

「へ？」

ふとネリアを見れば、満面の笑みが返ってきた。

「アルカはすでに参加することが決まってるわ。ズタズタの主張は完全なる世迷言《よまいごと》だと思うけど、白極連邦をぶちのめすいい機会だからね」

「お前バーサーカーかよ⁉　カルラは⁉　カルラは反対だよな⁉」

「いいえ。天照楽土も参加する方向で調整しております」

「お前もバーサーカーかよ⁉」

「そうではありません。私は統帥権などではなく六国が対等に手を取り合うことが重要だと考えていますが、それにはプロヘリヤさんの協力が不可欠なのです。ゆえに白銀革命に参加してプロヘリヤさんの野望を打ち砕いておかなければなりません」

「立派なこと言ってるけど、カルラ様はお祖母《ばあ》様に強制されてるだけだよ」

「そんなことありませんよ⁉　ちゃんと自分で考えたうえでの結論ですからね⁉——あ、でも私は戦場に出る予定はありませんよ。私はすでに五剣帝《ごけんてい》ではなく大神ですので」

「いや、アマツ・カルラには出てもらうぞ。白銀革命のルールでは、六戦姫は必ず参加と決まっているからな」

「ではやっぱりやめます‼」

「もう言質《げんち》はとったから撤回不可能だ」

「あああぁ！」

「よかったね、カルラ様」

なんだか知らんがネリアとカルラはやる気満々のようである。私が知らないうちに根回しをしていたのだ。もちろんリオーナも気合十分といった感じで拳《こぶし》を握っている。

頼りになるのはリンズだけだが——

そこでプロヘリヤがリンズのほうをじろりと睨み、

「さてアイラン・リンズよ。お前は白銀革命に賛成かね？」

「い、いえっ。私は……」

「拒否するようであれば、テラコマリを私のヨメにしてしまうぞ」

「は⁉⁉」

その場のほぼ全員の声が重なった。

私を——何だって？

信じられないセリフが聞こえたような気がするんだが？

「聞こえなかったのか？　お前の大好きなテラコマリ・ガンデスブラッドを私のヨメにしてしまおうと言っているのだ。なぁに、別に無理矢理攫《さら》うわけではない。白極連邦の戸籍にテラコマリを入れてしまおうと思っているだけさ」

「な……」

「ちなみに夭仙郷の法律では重婚は許されていない。テラコマリが新しく結婚すれば、アイラン・リンズとの婚姻関係は自動的に解消されるのではないかね？」

なるほどなるほど。

つまり私はリンズじゃなくてプロヘリヤと（書類上の）婚姻関係になるってわけか。結婚ってものは両者の合意に基づいて行われるものだと思うけど、プロヘリヤの権力をもってすればその辺りも何とかなってしまうのかもしれない。

だが——そんなことして何になるんだ？　意味なくね？

と思っていたら、私の隣に控えていたメイドが『ばん‼』とテーブルをぶっ叩き、

「ゆ、ゆゆ、ゆゆゆゆゆ許せませんっ！　ただでさえコマリ様は不当な婚姻関係を強《し》いられているというのに、これ以上お邪魔な虫がつくなんて！　そんなことをしたら身体《からだ》に爆弾を巻きつけて統括府に自爆テロを仕掛けますよ第七部隊の連中が！」

「そうよ！　リンズをその気にさせる手段なら他にいくらでもあるでしょーが！　コマリが誰と結婚するかは私が決めるんだからね！」

ヴィルとネリアが猛抗議を始めた。何なんだこいつら。

おいリンズ、何とか言ってやってくれ。また話が変な方向にこじれているから——

ところが、私の隣に座っているリンズは何故か泣きそうな顔になっていた。

「あれ？　リンズ？　どうしたの……？」

「だ、駄目……」

「え？」

「駄目、ですっ……！　コマリさんは私と結婚してるんです……だから……」

リンズはもじもじと両手の指を絡《から》ませていたが、やがて決意が固まったのか、キッとした瞳でプロヘリヤを見据え、

「……白銀革命に参加します。コマリさんをとられるのは嫌なんです」

ヴィルが「はい？」と首を傾げた。

「リンズ殿は何を言っているのですか？　コマリ様は私と結婚する予定なのでリンズ殿が配偶

者として自己主張するのはちゃんちゃらおかしな話なのですよ？　そこのところ分かっていますか？　分かっていないようですね、では『飲むと人間とハトの区別がつかなくなる薬』を飲ませて差し上げましょう」

「おいヴィルやめろ！　リンズもどうしたんだ、プロヘリヤのペースに乗せられてるぞ⁉」

「だ、だってプロヘリヤさんが変なこと言うからっ……！」

「大丈夫だ！　そんなことしなくたってリンズは私の結婚相手だから！」

「はうっ……」

「はいキレました。コマリ様の浮気性《うわきしょう》にキレてしまいました。やはりリンズ殿には『飲むと頭がハトになる薬』を飲ませるしかありませんね」

「だからやめろって言ってるだろーに！」

「わっはっはっは！　相変わらず子供のように賑《にぎ》やかだな、テラコマリは！」

「諸悪の元凶が何笑ってんだ！」

プロヘリヤは「ふっ」と面白《おもしろ》そうに口角を吊《つ》り上げ、

「これで大方の参加が決定したな。残るはテラコマリだけだ。お前を参加させることができれば、白銀革命はようやく革命としての意味を持つことになる」

「な、何だよ⁉　脅迫か⁉　言っておくが、私にはすでに黒歴史なんてないぞ⁉　小説を書いてることはバレたし、私がインドア派であることも薄々気づかれているだろうし……」

「お前を動かすのは簡単さ。ピトリナ」

「承知いたしました」

ピトリナが魔力を練った。

部屋の隅っこに無骨な魔方陣が浮かび上がる。

何が襲いかかってきてもいいように簡易的なファイティングポーズをとって待ち構えていると――やがて魔方陣の光がぱあっと晴れていき、

「――閣下！　ついに白極連邦を征服する時が来たのですね！」

「っしゃあ！　戦争だぜオラア！」

「イエーッ！　負けられないぜこの一戦。コマリン閣下は一騎当千《いっきとうせん》」

「落ち着け。まだ閣下からの号令があったわけではないだろう！」

「か、閣下……!?　ズタズタスキー隊と戦争するって本当なんですか……!?」

終わりの足音がすぐそこに迫っていた。

右からカオステル、ヨハン、メラコンシー、ベリウス、エステルである。

それだけにとどまらず、魔方陣の奥からは悪魔のようなツラをした連中が続々と【召喚】されてきた。どいつもこいつも「ぶっ潰《つぶ》してやるぜ蒼玉ども！」「はぁああ～血沸き肉躍っちゃうぅ！」「さあ閣下どいつを殺せばいいですか!?」「シェー!!　シェー!!」などと血走った目で絶叫してやがる。

この時点で私は己《おのれ》の浅はかさを悟った。

プロヘリヤは、私の立場というものをよく理解しているのだ。

「ようこそテラコマリ隊の諸君！　これから貴様らを完膚《かんぷ》なきまでにズタズタにしてやるから覚悟しておきたまえ！　吸血鬼など所詮《しょせん》は蒼玉の下位互換、どれだけ足掻《あが》いても我々の進撃を止めることはできないのだよ！」

「ふざけんなオラア！」「ヌっ殺すぞ！」「その口削ぎ落としてくれるわァ！」——第七部隊の連中は猿山の猿のように大騒ぎをしていた。今にも飛びかかりそうな感じだが、エステルとベリウスがギリギリのところで押しとどめてくれている。

私は魂が抜けたような気分でヴィルを見た。

「……ねえヴィル、何であいつらがここにいるの？　何であんな殺意マックスなの？」

「おそらくズタズタ殿が会議に遅れた原因がこれですよ。防寒着なんてすぐに準備できますからね、私とコマリ様の目を盗んで第七部隊と話をつけるのに時間を要したのでしょう」

「話って？」

「決まってるじゃないですか。白銀革命のことを説明したのですよ。きっと『貴様らに宣戦布告をしようではないかフハハハ！』みたいな感じで挑発したのです」

で、ピトリナがタイミングを見計らって【召喚】したと。

もうめちゃくちゃだよ。

「閣下！　身の程知らずな蒼玉に神の裁きを加えてもよろしいですね⁉」

カオステルが目を見開いてつめ寄ってきた。お前はいつから神になったんだ。

私はしどろもどろになって目を逸らした。

「えっとだな、それはちょっと時期尚早というか……」

「何を言っているのですか、閣下と第七部隊の力があれば白極連邦など容易《たやす》く滅ぼすことができますよ！　この地をムルナイト帝国の植民地に――いえ、神聖テラコマリ帝国の領土にしてしまいましょう！」

「「「うおおおおおおお――――っ‼　コマリン‼　コマリン‼　コマリン‼　コマリン‼」」」

部下たちはバカの一つ覚えのように「コマリン‼」を繰り返していた。

私はおそるおそるヴィルを振り返った。

メイドは「残念でしたね」と無表情で言った。

「ここで『戦争はしない』などと宣言すれば、第七部隊の不満が爆発して統括府は火の海になるでしょう。最悪の場合、コマリ様の命が狙われる可能性も……」

「…………」

詰み。

もはや何度目かも分からない第七部隊の暴走。

これのせいで私は自分の意に沿わない決定を下しまくってきたのである。

プロヘリヤはそれを熟知し利用したのだ。

希代の賢者に勝るとも劣らない策士ではないか――

「さあ閣下！　第七部隊にご命令を！」

「うむ」

私は両手を腰に当てて仁王立ちすると、殺戮《さつりく》の覇者《はしゃ》らしいオーラをまとわせてプロヘリヤを睨むのだった。

「――さあ戦争の始まりだ！　命知らずな蒼玉たちよ、ムルナイト帝国にケンカを売ったことを後悔するがいい！　私と第七部隊が手ずからズタズタにしてチキンライスのチキンにして美味しく平らげてくれるわ！」

うおおおおおおおお――――っ‼　コマリン‼　コマリン‼　コマリン‼

嵐《あらし》のようなコマリンコール。プロヘリヤはそれを受けて『バッ‼』と立ち上がり、

「よかろう！　これにて白銀革命は一歩前へと進んだ！　六国を支配するのは白極連邦かそれ以外か――この革命で白黒つけようではないか！　追って詳細は連絡する」

それだけ言って踵を返した。

ああ。何ということだろう。

結局、私はプロヘリヤの掌《てのひら》の上で踊らされていたのだ。

ロロッコ・ガンデスブラッドは『2』と書かれた部屋を見つけた。

おかしな点は見当たらなかったが、何となしにドアノブに手をかけてみて――

その時、部屋の向こうで誰かがすすり泣くような音が聞こえた。

盗み聞きはいけないと理性が叫んでいたが、好奇心が勝ってしまう。

ロロッコはガチャリとノブを捻《ひね》り、わずかに開かれた隙間《すきま》から中の様子をうかがった。

その瞬間、いてもたってもいられず部屋に飛び込んでしまった。

「――ドヴァーニャ⁉　何をやっているの⁉」

「ロロ……⁉」

暖炉の前にうずくまって目元を泣き腫《は》らしていたのは、ロロッコの友達、ドヴァーニャ・ズタズタスキーだった。ムルナイトで会った時と同じ白銀のポニーテールだが、能面のように固定されていたはずの表情は、得も言われぬ悲しみの感情で歪んでいる。

「何よその顔！　誰かにいじめられたの？　ぶっ飛ばしてやるわ！」

「いいえ。違うのです。違うのです……」

ドヴァーニャは目元をごしごしと拭《ぬぐ》った。

そこに現れたのは、いつも通りの無表情。

☆

無理をしていることは明らかだった。

ドヴァーニャはすっくと立ち上がり、ロロに向かってぺこりと一礼をした。

「こんにちは、ロロ。白極連邦に来てくれるなんて驚きです」

「そんなことより！　あんたさっき泣いてなかった⁉　ずっと連絡がつかなかったから心配してたのよ、いったい何があったの？　嫌なことでもあったの？　私に言ってみなよ、解決してあげるから！　それでも無理ならコマ姉が何とかしてくれるから！」

「いいえ。大丈夫ですので。いまお茶を淹《い》れて差し上げます」

ドヴァーニャはくるりと踵を返した。

ズタズタのみならず、ドヴァーニャの身にまで異変が起きている。ロロッコはその背中を見送りながら、白極連邦に立ち込める暗雲の存在をかすかに感じ取った。

☆

【白銀革命 - エンタメ戦争の部　ルール説明】
①戦争は北軍ＶＳ南軍で三度（第三タームまで）行う
②北軍は白極連邦軍第一部隊ズタズタスキー隊・第二部隊アルケミー隊の連合軍

③南軍はムルナイト、アルカ、天照楽土、夭仙郷、ラペリコの連合軍
④それぞれの軍は例外を除いて必ず六戦姫が率いること
⑤南軍は一度のタームにおいて二つの軍のみを選出して戦う
　厳正なるくじ引きの結果……

第一ターム　ムルナイト（第七部隊）＆夭仙郷
第二ターム　アルカ＆天照楽土
第三ターム　ラペリコ＆ムルナイト（第六部隊）

⑥将軍二人のうちどちらかが死亡するとそのタームは敗北
⑦負けた南軍の将軍は捕虜《ほりょ》として北軍に下り、北軍は以後の第二ターム、第三タームあるいはその両方で活用することができる
⑧北軍が三ターム連続で勝利すれば白極連邦の勝利が確定、非常時の六国の統帥権を得る
⑨南軍が一タームでも勝利すれば南軍の勝利が確定、その時点で白銀革命は終了し、プロヘリヤ・ズタズタスキーは書記長代理を辞任する
⑩その他、ご質問がある場合は遠慮なくプロヘリヤ・ズタズタスキーまで

☆

通信用鉱石を見つめながら、私はぽつりとつぶやいた。

「…………皇帝、出ないな？」

「そうですね。トイレかと思われます」

「そんなわけないだろっ。もう五回もかけてるんだぞ」

「冗談はさておき、留守なのかもしれませんね。お忙しい方ですから」

「しょうがない……また後でかけてみるか」

私は通信用鉱石を懐にしまった。

非常時に六国の軍隊を統括する権利を賭《か》けた戦争——そんなものを勝手におっ始めたら色々とマズイに決まっているので、皇帝にお伺いを立てようかと思ったのだ。

が、一向に通信がつながらなかった。

あの人がストップをかけてくれれば戦わなくて済むのにっ……！

「コマリ様も大変ですね」

「そうだよ大変なんだよ……だって今回の相手はプロヘリヤなんだぞ？　私みたいなひ弱な吸血鬼は一瞬でハチの巣にされちゃうだろ」

「しかもくじ引きの結果、コマリ様とリンズ殿が一番乗りですからね。これが第二ターム や第三タームだったら前の組がズタズタ殿を倒してくれたかもしれないのに」

「くそおっ！　何で私はこんなに運が悪いんだ！」

「ところでコマリ様、おでん食べます？」

「食べる！」

あつあつの蒟蒻《こんにゃく》をもぐもぐと食べる。ああ、おいしい。あったかい。私はおでんになってしまいたい。そうすればこのわけの分からん苦境も忘れられるだろうから――

現在、私たちは統括府のレストランにいた。

プロヘリヤは「親睦《しんぼく》会も兼ねて一緒に昼食でもどうかね？」と誘ってくれたのだが、ネリアが一蹴《いっしゅう》したのである。彼女曰く――「敵と一緒にご飯が食えるか」とのこと。

そういうわけで私たちは街に繰り出したのだった。

メンバーは私とヴィル、ネリア、ガートルード、カルラ、こはる、サクナ、リンズの八人。リオーナだけはプロヘリヤと一緒にシチューを食べるそうだ。あとロロッコからは「ドヴァーニャの部屋に泊まるから！」という連絡が先ほどきた。友達を見つけることができたようで何よりである。

ネリアがカレーをもぐもぐ食べながら、

「さーて！　楽しいエンタメ戦争の始まりね！」

「……なあネリア。状況がよく分かってないんだが、お前やカルラはプロヘリヤに協力してたんだよな？　何で今回は敵対するんだ？」

「ズタズタと利害が一致したのは書記長逮捕までよ？　あいつはそのうえで統帥権まで狙っているみたいだけど、そこまで自由にさせるつもりはないわ」

「ネリア様、お兄様から連絡が来ました。アルカが統帥権を取れるように頑張れって……」

「あいつ、ルール読んだのかしら……？　私たちが勝ったら統帥権云々《うんぬん》の話自体がなくなるのよ？　こっちが目指しているのは六国同盟なんだから」

「――そうですね。我々は手を取り合う必要があるのです」

しゃん、と鈴の音を鳴らしてカルラが言った。ちなみにその隣ではこはるが黙々とスパゲッティを食べている。白極連邦っぽさがかけらもない店だった。

「お祖母様は『白極なんかに覇権を握らせるな』と仰っていました。私としても一国が主導するより六国が対等に協力したほうが建設的だと思います。つまりこれは、プロヘリヤさんを六国同盟に引き入れるための戦いでもありますね」

「ところでカルラ様、戦争出るの？　将軍やめたのに？」

「だってしょうがないじゃないですか！　そういうルールだったんですから！」

カルラが涙目になって叫ぶ。私はびっくりしてはんぺんを落としそうになってしまった。

「絶対お祖母様はこれを見越してましたよね⁉　私に稽古《けいこ》をつけるってこういうことだったのですか……⁉」

「カルラ様、これを機にテラコマリ先生並みの馬力を身につけようよ」

「無理ですっ！　将軍みたいな野蛮な仕事からは足を洗ったんですっ」

「それを言うならリンズも何故か戦争することになったよな？　もう将軍でも公主《こうしゅ》でもないのに……そんなのってアリなのか？」

ヴィルがプリンを掬《すく》いながら、

「天仙郷の天子《てんし》はコマリ様ですから、コマリ様が許可すればアリなのでは？」

「そ、そうだった！　リンズ、やりたくなければやらなくても――」

「ううん、やる！」

何故かリンズは食らいついてきた。

その瞳には珍しく闘志の炎が宿っている――ように見えた。

「……コマリさんが頑張っているのに、私だけ陰から応援しているだけなんて嫌だから。それに、コマリさんをプロヘリヤさんに渡したくないの。戦いはあんまり得意じゃないけれど、もう一回だけ三龍星《さんりゅうせい》として頑張ってみようと思う」

「まあ、リンズ殿が棄権したらコマリ様は一人でズタズタ殿&琥珀王子殿のタッグと戦わなければなりませんからね」

「リンズ〜っ！　頼りにしているからなっ！」

「わわ……く、くすぐったいよ」

思わずリンズにハグをしてしまった。リンズは照れたように赤くなりながらも、優しく私を抱きしめ返してくれる。やっぱりリンズはいい子だ、空前絶後のイノセントガールだ。危険度評価値は1どころかマイナス100に設定しておこうじゃないか。

と思ったら、その隣から「コマリさん」と私を呼ぶ声が。

「私のことも頼ってくださいね！　チームは別々になっちゃいましたけど……」

白銀の究極美少女、サクナ・メモワールである。

あの会議の場にサクナはいなかったが、二つの部隊がタッグを組むという性質上、私、リンズ、ネリア、カルラ、リオーナの五人ではどうしても余りが出てしまうのだ。そこでプロヘリヤは、その穴埋めとしてサクナに白羽の矢を立てたのである。

「ありがとうサクナ。サクナみたいな温厚な子をこんな野蛮なイベントに参加させるのは申し訳ないんだけど……」

「いいえ！　できることは何でもしますっ。必要とあらば暗殺とか」

「え？」

「私はいつでもコマリさんの味方ですから！　一緒に頑張りましょう！」

「サクナぁ～！　サクナも頼りになるなあっ！」

思わずサクナにハグをしてしまった。サクナは「ふへ」と奇妙な笑い声を漏《も》らしながらも、優しく私を抱きしめ返してくれる。やっぱりサクナはいい子だ、空前絶後の美少女だ。危険度評価値は間違って2にしてしまったが、マイナス100に設定しておこうじゃないか。

「コマリ様、茶番はそこまでにしてください」

今度はヴィルが頬《ほお》を膨らませて言った。

そうだ。リンズやサクナと戯《たわむ》れるのも大事だが、おでんを食べることも大事なのだ。

がんもをふーふーしていると、ヴィルが一同を見渡して言った。

「この戦争、負ければ白極連邦の覇権が確定してしまいます。よくよく考えてみれば、非常時の統帥権というのはあまりにも価値のある景品ですからね」

「そりゃそうでしょ。勝って白極連邦の野望を打ち砕いてやるわ！」とネリア。

「そもそもこの勝負を受けたのが間違いな気がしてきました」とカルラ。

「そうでしょうか？　白極連邦を叩き潰せるチャンスだと思いますよ……？」とサクナ。

「……え？　サクナ？　今なんつった？」

「いずれにせよ頑張らなくてはなりませんね。……コマリ様、明日の第一タームに向けて腕立て伏せをしておきましょうか」

「しょうがないな……久々にやるか」

「でも、プロヘリヤさんは何で急にあんなことを言い出したのかな……」

リンズがぼそりとつぶやいた。

確かにそれは気になる。彼女の言い分では「テロリストに対抗するため」だが、あまりにも急すぎる。あるいは前々から水面下で準備をしていたのかもしれないが――プロヘリヤにしてはやり方が乱暴な気がした。いや、あいつは初登場からして乱暴な感じがしたけどさ。

『私とお前はオトモダチではないのだよ』

そう言いつつもなんだかんだ毎回助けてくれる謎《なぞ》の少女。

後で腹を割って話す必要があるな――そんなふうに考えながら蒟蒻をかじっていた時。

不意に外で歓声が聞こえてきた。

「何かしら？　テロ？」

「ネリア様、そう簡単にテロは起きませんよ」

「外は真っ白ですね。蒼玉の方々は寒くないのでしょうか……」

私はカルラたちにつられて窓の外を見た。

すぐそこの広場では、大勢の市民が浮足立ったように行き交っていた。

お会計を済ませた後、寒さに身を震わせながら店の外に出る。

いつの間にか広場には大勢の人々が集まっていた。

季節外れの冬も霞《かす》むほどの人いきれ。

彼らは口々に「ズタズタ！　ズタズタ！　ズタズタ！」とプロヘリヤのことを讃《たた》えていた。

そして大衆の視線の先に掲げられていたのは――

『プロヘリヤ・ズタズタスキー閣下に栄光あれ！　世界は白極連邦のもの！』

そんな文句が刻まれた横断幕である。

ネリアが「うげえ」と顔をしかめた。

どうやら私たちは完全にアウェーのようである。

「――ビックリした？　すごい人気だよね」

突然話しかけられたことでビックリした。

振り返ってみると、そこには群青のマントを吹雪に靡《なび》かせる青年――琥珀王子ことアレクサンドル・アルケミーが立っている。

「こ、琥珀王子⁉　いったい誰かと思ったぞ⁉」

「あんた！　もう私たちは敵同士なんだからね、あっちに行きなさいよ」

ネリアが「しっしっ」と手で払う真似をした。

知り合いなのかとびっくりしたが、ネリアやカルラ、リオーナは書記長逮捕に一枚噛《か》んでいるのだ。琥珀王子と面識があってもおかしくはなかった。

琥珀王子は困ったように苦笑したが、この場を離れる気はないようだ。

「ごめんね。偵察しに来たわけじゃないんだ。たまたま赤の広場を通りかかったら、人々がプロへリヤを讃えていたからね……いてもたってもいられず見物しに来たのさ」

「琥珀王子殿、コマリ様に指一本でも触れたらカブトムシのエサにしますからね」

「おいヴィル物騒なこと言うな！」

琥珀王子は「あはは」と苦笑いしていた。ネリアもヴィルも過激派すぎる。べつに敵が話しかけてきたっていいじゃないか、まだ戦争は始まってないんだし。

「それにしても、ものすごい熱気ですね」

カルラが寒そうに身を震わせながら言った。

雪を丸ごと溶かすような勢いで「ズタズタ！　ズタズタ！」というコールが反響する。白極連邦におけるプロヘリヤの人気は尋常《じんじょう》ではないらしい。よく見れば、『書記長就任おめでとう』という旗を掲げた蒼玉たちの姿も見えた。

そこで私はふと思い出し、

「なあ琥珀王子、次の書記長ってドヴァーニャがなるんじゃなかったっけ？」

何故か一瞬、琥珀王子は言葉をためらった。

「……そうだね。党の方針ではそういうことになっているけれど、人民はドヴァーニャの存在すら知らないんじゃないかな。イグナートさんの次はプロヘリヤだって誰もが考えている」

「ズタズタ殿は何故そこまで人気なのでしょうか？」

「あの子が徹底的に〝いい人〟だからだよ」

確かにプロヘリヤはいい子だ。自分の中に一本筋の通った正義を掲げている感じがある。琥珀王子は「本当にすごいよねえ」と笑い、

「これは六国新聞で報道されたプロヘリヤの記事を集めたものさ。彼女がいかに好かれている

かがよく分かるよ」

外套《がいとう》の内側から取り出されたのは、新聞記事の切り抜きが何枚も張りつけられたノートである。曰く――

『ズタズタ閣下お手柄　50人の遭難者を救助』

『ズタズタスキー氏のゴミ拾いボランティア　白極海岸はまっさらの姿に』

『お遊戯会にズタズタ閣下登場　ピアノの演奏で児童は大喜び』

『〝荒野に緑を増やす会〟の躍進　ズタズタ閣下のおかげで北荒地に緑が戻る』

『ズタズタ閣下大活躍！　漬物石屋に押し入った強盗をひとひねり！』

とんでもない量の記事だ。

これらには捏造《ねつぞう》など一つもないのだろう。

市民のためを思って働くプロヘリヤの正義の軌跡が、そっくりそのまま刻まれているのだ。

〝殺戮の覇者〟とか〝ケチャップの帝王〟とか呼ばれている私とは大違いだった。

「怪しいですね。何故琥珀王子殿はこんなものを集めているのですか」

「僕もあの子のファンだからね――あれ？」

その時、「ズタズタ！　ズタズタ！」という声援に混じって、「コマリン！　コマリン！」という聞き飽きたコマリンコールが聞こえてきた。赤の広場の中央でムルナイト帝国の国旗を振り回している吸血鬼たちの姿が見える。

「第七部隊が対抗してテラコマリ横断幕を掲げ始めたようですね」

「何やってんの⁉　恥ずかしいからやめろ‼」

「あ、市民と言い争いになってケンカが勃発《ぼっぱつ》しました。死人が出るかもしれません」

「本当に何やってんだあいつら⁉」

〝正義の味方〟として振る舞うプロヘリヤとは正反対の蛮行である。

まあ、あいつらのおかげで一度も死なずに将軍をやっていられるんだけど。

私は大慌てで駆け寄りながら、

「こらー！　こんな街中で魔法をぶっ放すんじゃないっ！」

「ああ閣下！　もちろん一般市民を殺害したりはしませんよ！　閣下を侮辱《ぶじょく》する輩を発見したので、取り押さえて幽閉して〝テラコマリ教育〟を施そうとしただけです！」

「何だその教育⁉」

「閣下のご真影の前で二十四時間ほど不眠不休のコマリンコールを強制するのです。するとあら不思議、どれだけ強情な者でもあっという間に重度のコマリストに……」

「ベリウス、エステル、一緒に止めてくれ！　ほらヴィルも！」

「コマリ様、私はあちらでクレープを食べていますね」

「手伝えよ‼」

私は大急ぎでやつらのもとへ向かった。

ごうごうと風が吹く。大粒の雪がぺちぺちと頬を叩いた。

ふと、背後から琥珀王子のつぶやきが流れてきたような気がした。

「――悪いね。世界を牛耳るのは白極連邦なんだ」

今の私には聞き返している余裕もなかった。

目の前の騒動を収めなければ明日もやってこないからだ。

ゆえに、この時は予想だにしていなかったのである。今から約十時間後、つまり第一ターム にて、こないだのリオーナ戦以来二度目のアレをぶちかますことになるなんて。

2　テラコマリの所有権

Hikikomari the Vampire Countess no Monmon

六国《りっこく》新聞　7月14日　朝刊

『白銀《はくぎん》革命勃発《ぼっぱつ》　六国の行く末は……

【統括府―アル・メイヨウ】白極連邦《はっきょくれんぽう》共産党書記長代理プロヘリヤ・ズタズタスキー氏は13日、一連の政変〝白銀革命〟を第二段階に進める旨を発表した。14日から行われる三連続のエンタメ戦争は、各国の有望な将軍たち――いわゆる〝六戦姫《ろくせんき》〟が覇を競うビッグ・イベントだ。北軍たる白極連邦軍が勝利すれば、非常時に六国の軍を掌握《しょうあく》する権利を獲得する。これはきたるテロリストとの戦いで必要となる措置であり、白極連邦のみならず他《ほか》五か国からも賛同の声が多数集まっている。これに反対する南軍（五国同盟軍）を打ち破れるかどうか要注目だ。ズタズタスキー氏の前途に栄光あれ。』

※

「おはようございます閣下！　本日はよい殺戮日和《さつりくびより》ですね！」

である。


「っしゃあ！　蒼玉《そうぎょく》どもを火だるまにしてやるぜぇ！」

本陣の天幕でホットココアを飲んでいた時のことだ。

第七部隊の幹部たち——カオステル、ヨハン、ベリウス、エステルが意気揚々《いきようよう》と押しかけて来た。第一タームの開幕まであと少しだから、打ち合わせをしようという話になったので
現在、私たちは核領域の北部で白極連邦軍と睨《にら》み合《あ》っていた。

外は相変わらずの銀世界だ。

統括府を襲った異常気象は、白極連邦付近の核領域にも影響を及ぼしているらしい。

といっても猛吹雪《もうふぶき》というわけじゃない。

プロヘリヤ曰《いわ》く「心配しなくてもこの程度の寒さなら戦えるぞ！」とのこと。

無理しなくていいんだよ、と優しい言葉をかけてやりたいところである。

「コマリ様、メラコンシー大尉から連絡が入りました。敵軍も布陣が完了したようです」

「そ、そうか。ついに始まるのか……ちなみにパンドラなんとかで未来視《み》た？」

「すみません。【パンドラポイズン】は五日に一度しか発動できないのです」

「もう発動したってこと？　ロクでもないことに使ったんじゃないだろうな？」

「昨日、飼っているカブトムシのゼリーに混ぜてあと何日生きられるのかを確認しました。彼
はあと五日の命だそうです……」

ヴィルは悲しそうに眉根《まゆね》を寄せた。

なるほど。そういう事情があったのか。

私はヴィルの頭を優しく撫《な》でてあげた。

「……そっか。じゃあ早く帰って面倒みてあげないとな」

「まあ嘘《うそ》ですけどね。私が新開発した特殊なエサによって越冬もお茶の子さいさいだということが分かりました」

「そうなの⁉」

「【パンドラポイズン】は一昨日《おととい》、ロロッコ様に血を飲ませてコマリ様がどんなイタズラをされるのかを視るために使いました」

「ロクでもないことに使うな！　あとあいつが何を企《たくら》んでるのか教えろ！」

「教えたらイタズラの意味がないですよね？」

「イタズラする意味もないよっ！」

何なんだこのメイドは。私をからかうことに全パラメータを配分してやがる。

ヴィルは「まあまあ」と私を宥《なだ》めるように言った。

「未来なんか視なくてもコマリ様が負けることはないので大丈夫ですよ。第七部隊は精鋭ですし、いざとなったら烈核解放《れっかくかいほう》・【孤紅《ここう》の恤《とむらい》】があるのですから」

「むむ……あんまり使いたくないけどな……」

「ちなみにズタズタ殿は現在、暖房をガンガンに利《き》かせた本陣に引きこもっているとのこと。開始時刻まで存分に身体《からだ》を温めるつもりのようですね」

「そのまま引きこもってればいいのに」

「まあ確かにコマリ様も引きこもれば戦争は無効になりますね」

「そうだよ！　やっぱり引きこもりは世界平和につながるんだ！　全人類は今すぐ仕事をやめて部屋に引きこもるべきで——」

「部下が見てますよ」

「部屋に引きこもっている弱虫は引きずり出してズタズタにしてやろうじゃないか！　ベリウス、ヨハン、カオステル、準備はできているか⁉　できていなかったら承知しないぞ‼」

「は。ご命令とあらばいつでも出陣できます」とベリウス。

「当たり前だろうが！　あと寒くなったらいつでも言えよ、僕が雪を全部燃やしてやるからな！」とヨハン。

「もちろんでございます閣下！　やつらに第七部隊の恐ろしさを骨の髄まで味わわせてやりましょう！」とカオステル。

やる気は死ぬほど十分のようである。彼らの背後でエステルが苦笑いをしていた。ごめん、私の情緒がおかしく見えるのはいつものことだから気にしないでくれたまえ。

「コマリさん、今日の作戦はどうするの？」

「お、おお！　そうだった！」

リンズに問われてハッとした。ちなみにこの天幕には天仙郷《ようせんきょう》軍第一部隊を率いるリンズと、その補佐官のメイファァもいるのだ。メイファァが「まずは連携が大事だな」と頷《うなず》き、

「基本的に一緒に行動。そしてお互いがピンチになったらフォローできるようにしよう」

「メイファァの言う通りだな──よーしお前ら！　今日は天仙郷とのタッグ戦だ！　力を合わせて頑張ろうじゃないか！　リンズもよろしく頼んだぞ！」

「うん。えっと……よ、よろしくお願いしますっ」

リンズが第七部隊の連中にペコリと頭を下げた。その健気《けなげ》な仕草《しぐさ》が可愛《かわい》い。

しかしカオステルが「ふ」と鼻で笑い、

「お言葉ですが閣下。天仙郷の力など必要ありませんよ」

「え？」

「我々は無双の部隊。中途半端《ちゅうとはんぱ》に連合してもむしろ邪魔なだけです。アイラン・リンズ殿下、あなたは本陣に引きこもって我々の奮闘を観戦しているのがよろしいかと」

「そうだぜ！　テラコマリもアイラン・リンズと一緒に引きこもってな。プロヘリヤ・ズタズタスキーは僕の魔法であっという間に丸焦《まるこ》げのステーキにしてやるよ」

リンズが「うっ……」と声を漏《も》らしてたじろいだ。

こいつら──何てこと言いやがるんだ⁉

リンズみたいなか弱い子に向かって暴言を吐きやがって!!――と思ったが、か弱いからこそ引きこもっているのが正解なのかもしれない。

ヨハンの言う通り、リンズと一緒に安全なところでティータイムを楽しむとしようかな。

ところが、リンズは「いいえ」と首を振って前に出た。

じゃきん!!――その手には、いつの間にか鉄扇が携えられている。

「……私はコマリさんと戦います。それが今回のお仕事ですから」

「ほう? 意外に気骨があるのですね」

「こう見えても軍人でした。ちょっとくらいは戦えます」

「はっ、どこまでやれるのか見せてもらうぜ!」

何でそんな上から目線なんだよ? リンズって軍人どころか将軍だったんだぞ? お前らよりは階級的に上なんだぞ?――と言ってやりたいところだが黙っておいた。余計な火種を蒔《ま》いても仕方がないのである。

リンズがぎゅっと私の服の裾《すそ》をつまみ、

「頑張ろうね。足手まといにならないようにするから……」

「リンズ……! リンズはなんて良い子なんだ!」

「コマリ様、くだらない雑談はその程度にしていただきましょうか」

感動のあまりハグしてしまいそうになった瞬間、ヴィルがぬりかべのように私とリンズの間に出現した。

「敵の力は未知数です。ズタズタスキー隊とは一度戦ったことがありますが、あの時肝心のズタズタ殿は風邪《かぜ》で寝込んでいたので参考になりません。そして琥珀《こはく》王子殿が率いるアルケミー隊とは一度もやり合ったことがありませんから、注意が必要でしょう」

「お前、さっきは『負けないでしょう』とか言ってなかったっけ？」

「あれは嘘です。ズタズタ殿も琥珀王子も一筋縄ではいきませんよ」

「琥珀王子ってどんな戦い方をするんだ？」

「魔法を使うようですね。実力は連邦軍において上の中といったところでしょうか」

ヨハンが「まあ大丈夫だろ！」と笑い飛ばした。

「蒼玉は氷タイプだから、炎タイプの僕にかかれば全員一コロだ」

「ヘルダース中尉、あまり楽観視するのはよくないかと……」

「何弱気になってんだよエステル。僕たちは今までほとんど負けたことがないんだぜ？　今回も余裕に決まってるさ」

「どの口が言うのだ？　貴様はだいたい死んでいただろう」

しかしヨハンの言いたいことも何となく分かった。

第七部隊はなんだかんだ強いのだ。実力もそうだが、凶暴性が段違いなのである。蓋《ふた》を開けてみれば何とかなるんじゃないか？——そんなふうに楽観視してしまう。

だが、それはエステルの言う通り「よくない」ことなのだ。

こっちとあっちでは、この戦争に対する姿勢があまりにも違う。

第七部隊は「殺したい」とか「自分の力を誇示したい」とかいう野蛮で不純な動機。ついでに私は「死にたくない」だけが原動力である。ネリアたちは「白極連邦の覇権を阻止したい」という思惑があるようだが、何が正しいのか分からないので私にそこまでの熱意はない。

一方、プロヘリヤの部隊は——「何としてでも革命を成功させなければならない」という執念に燃えている。何故《なぜ》そこまで心血を注《そそ》ぐのかは不明だが、とにもかくにもプロヘリヤの目は本気だった。

「おや、開幕を報《しら》せる空砲が打ちあがりましたね」

私たちは天幕の外へと出た。

ぽん、ぽんという爆発《ばくはつ》音が耳朶《じだ》を打つ。

鉛色の空に煙がのぼっていた。

ついにエンタメ戦争の部、第一タームが始まってしまったのだ。

となれば、殺戮の覇者《はしゃ》として檄《げき》を飛ばさなければならない。

「——いいかお前ら！　今回の相手は白極連邦の強敵たちだ！　しかし案ずることはないぞ、いつものようにやっていれば敵どもは一瞬でズタズタだ！」

「うおおおお！」「コマリン！」「コマリン！」「コマリン！」——雪原に勢揃《せいぞろ》いした部下たちが

飛び跳ねて喜んでいる。意味が分からない。隣で整列しているリンズの部下たちがドン引きしている。だが気にしている場合ではなかった。

「しかも今日は夭仙郷が味方についているのだ！　これほど余裕な戦いもあるまい！　そうだな、余裕すぎるからこそ私は戦わないことを誓おう！　お前たちの活躍の場を奪うのも忍びないので、いつも通り本陣で大人しくしていようじゃないか！」

「そんな！」「閣下の活躍が見たいのにィーッ！」「コマリン！　コマリン！」——ついに夭仙郷の人たちが距離を取り始めた。さっそく連携にヒビが入り始めている。

「静かにしたまえ！　もちろんピンチになったら私があっという間に殲滅《せんめつ》してやるさ、その時は存分に大将軍のことを頼りたまえ！　だがそれまでは自分たちで何とかしろ！　そして可能な限りピンチになるな！　お前たちならできる！　やればできる！」

空砲がぼんぼんと響いている。

そろそろ頃合《ころあ》いなので、私は拳《こぶし》を握って宣言するのだった。

「さあ——戦争の始まりだ‼　好きなだけ暴《あば》れるがいい‼」

「「「うおおおおおお——‼　コマリン‼　コマリン‼　コマリン‼　コマリン‼」」」

寒さを忘れるほどの大熱狂。

第七部隊のみんなは奇声を発しながらプロヘリヤたちのほうへと進軍していった。

軍というよりも暴徒の類《たぐい》にしか見えないが、暴走モードに入った第七部隊を止められる者はこの世に存在しないのだ。

エステルが「わあっ」と慌《あわ》てたように声を出し、

「か、監督してきます！　あれを放置しておいたら見境がありませんからっ……！」

「うむ。頼んだぞエステル」

「はいっ！　閣下みたいに彼らを御せるよう頑張りますっ」

そう言ってエステルは去っていった。私がいつ彼らを御すことができたのか聞いてみたいところである。健闘を祈っておこう。

「え、えっと、夭仙郷の皆さん！　第七部隊の掩護《えんご》をお願いしますっ！」

リンズが鉄扇を掲げて自軍に号令を下していた。

夭仙《ようせん》たちはビシッと敬礼。粛々《しゅくしゅく》とした進軍で第七部隊の後に続く。

ヴィルが「さて」と私のほうに向き直り、

「コマリ様、私たちは安全地帯で高みの見物といきましょうか」

「いやまあそうなんだけど言い方を何とかしてくれ」

「閣下！　我々幹部も特攻いたしますが構いませんね⁉」

「え？　ああ、お前たちも嫌なら休んでいていいからな？」

「おお！　なんという慈悲深い御心！　しかし私たちは死ぬまで働く所存です！」

「さっさと行くぞカオステル！　やつらを血祭に――」

そこでヨハンの姿がふっと消えた。

【転移】の魔法でも使ったのか？——と思ったが違った。

視界に映ったのは、頭から噴水のように血を噴き出しながら吹っ飛んでいくヨハンの身体。

「え……？」

「ッ——閣下！　狙撃です！」

ベリウスの声が響いた瞬間、すぐそこから「うごあ」という悲鳴が聞こえた。

今度はカオステルの身体が回転しながら雪の上を転がっていく。

「ば、馬鹿《ばか》な……この私が……こんなところで……⁉」

がくり。

脱獄一歩手前で刑務官に見つかった死刑囚のような表情でカオステルは息絶えた。

その隣に転がっているヨハンもぴくりとも動く気配がない。

一瞬にして第七部隊の幹部が二人もやられてしまったのだ。

「な、な、何がどうなってるんだ⁉　音なんて全然聞こえなかったぞ⁉」

「音が聞こえないほどの距離なのでしょうね。これはどう考えてもズタズタ殿の——」

ばきんっ‼

鼓膜を破壊するほどの金属音がとどろいた。ひらひらと花弁が散るような映像を幻視する。

私の前に立っていたのは、険しい表情をして遠くを見つめるリンズである。構えた鉄扇の表面に、弾痕《だんこん》のようなものが刻まれているのが見えた。

「あ、危ない……間一髪……」

「リンズ……⁉　守ってくれたのか⁉」

驚愕《きょうがく》と感動のあまり動けずにいると、今度は背後の天幕が「ぼすん！」と音を立てて吹き飛んでいった。それだけではない。耳元をひゅんひゅんと銃弾が通り過ぎ、周囲の木々が見るも無残に撃ち抜かれ、さっきヴィルと一緒に作った雪だるまが爆散した。

私は「うわああ！」と悲鳴をあげてヴィルに腕を引っ張られていった。

「何だこれ⁉　遠距離攻撃なんて卑怯《ひきょう》じゃないか！」

「リンズ殿、何か有効な魔法は使えませんか？」

「この距離から反撃するのは無理ですっ……！」

「閣下！　まずは物陰に――ぐわっ」

ベリウスが肩を撃ち抜かれて吹っ飛んでいった。

まずい。まずい。このままでは――

その瞬間、私の足元がゆるゆると液体のように緩んでいった。

真っ白だったはずの地面がキャラメルのような琥珀色に変わっている。

何だこれ。何かの魔法だろうか――ぞっとしたのも束《つか》の間《ま》、その琥珀色の沼から高速で何かが飛び上がってくるのを見た。

「コマリ様！　敵ですっ！」

「な……」

そのまま天から降ってきたのは、群青のマントをはためかせる蒼玉、琥珀王子アレクサンドル・アルケミー。

「――これでチェックだ」

彼の手に握られているのは、これまたキラキラに輝く宝剣だ。

その切っ先が、ゆっくりと私の喉元《のどもと》に突き立てられようとしている――

☆

「プロヘリヤ様。琥珀王子はすでにテラコマリの本陣付近に到達したとのこと」

「見えているさ。相変わらず河童《かっぱ》のようなやつだ」

プロヘリヤ・ズタズタスキーは遠距離用の魔法銃――スナイパーライフルを握りしめながら、にやりと笑った。魔力によって編んだレティクルの向こうには、慌てふためくテラコマリやアイラン・リンズの姿が浮かんでいる。

現在、プロヘリヤは自陣に引きこもって狙撃に精を出していた。

周囲には無数の火鉢が並べられている。テラコマリには「この程度の寒さは余裕」と豪語したが、やっぱり寒いものは寒いのだ。

「……プロヘリヤ様、顔が真《ま》っ青《さお》であります。やはりもっと南方のフィールドを指定したほうがよかったのでは」

「それでは自分本位になってしまうのだよ。私の部下たちは極寒が得意で酷暑は苦手だ。私ひとりのために真夏の戦場で戦わせるわけにはいかないのさ――ああ寒い寒い寒い！」

「左様でありますか。さすがプロヘリヤ様であります」

ピトリナは無表情で褒《ほ》め称《たた》えた。

本当に大したことではないのだ。プロヘリヤ一人が我慢すれば、蒼玉たちは得意の雪上戦に励むことができる。実際、琥珀王子は雪に紛《まぎ》れることでテラコマリへの接近を成功させたのだ。自分はこうしてサポートに回るだけでいい。

そして、この戦場には、琥珀王子が仕掛けた罠《わな》が眠っている。

個人的には好みではないが、しかし、テラコマリほどの猛者《もさ》を仕留めるためには必要な措置だった。だから第一タームはほとんど琥珀王子に任せることにしている。

「――呆気《あっけ》ないですね。開始五分で終わりそうです」

「いいや、テラコマリがこれで終わるはずがない」

「烈核解放、でありますか」

「さてね」

プロヘリヤは再びにやりと笑った。

引き金を引く。雷のような銃声。

アイラン・リンズの従者であるリャン・メイファを仕留めたのを確認した時、眼下の雪原で蒼玉と吸血鬼たちの乱闘が始まった。テラコマリが差し向けた第七部隊である。

「――さあテラコマリ。殺戮の覇者の神髄《しんずい》を見せてくれたまえ」

☆

「何やってんのよコマリ⁉　下よ下‼　ずっと怪しいのが下にいるでしょ⁉」

「まずいですね――あ、飛び出してきました！」

どっと歓声があがった。

統括府・赤の広場には大勢の人だかりができている。遠視魔法によって中継されているエンタメ戦争の様子が、リアルタイムで中空に映し出されているのだ。

ネリアとカルラもおでんを食べながら戦争の趨勢《すうせい》を見届けていた。

が、さっそくコマリ陣営は大ピンチだった。

琥珀色の沼から飛び出してきた六凍梁《ろくとうりょう》アレクサンドル・アルケミーが、今まさにコマリの首を掻《か》き切ろうとしているのである。

「もういい！　私がコマリを助けに行くわ！　ガートルード、【転移】の魔法石を！」

「え、ええ⁉　そんなことしたら反則じゃ……」

「そうですよネリアさん！　ここは念力です！　神に祈るしかないのですっ！　コマリさん頑張ってくださいコマリさん頑張ってくださいコマリさん頑張ってください……」

「カルラ様、その大根もらっていい？」

「あっ……見てください！」

ガートルードが声をあげてスクリーンを指差した。

ネリアとカルラが「え？」と顔を上げる。

突如として現れた琥珀王子の攻撃は、鉄扇によって受け止められていたのだ。それはコマリの周囲をずっと警戒していたからこそなせる技。驚いたように瞠目《どうもく》する琥珀王子の視線を受け止めたのは、ふわふわと宙に浮遊する花のような少女。

「リンズ――！」

☆

「花葬魔法《かそうまほう》・【百花繚乱《ひゃっかりょうらん》】――」

リンズが鉄扇を一振りすると、おびただしい数の花弁が旋回し始める。

白、青、縹色《はなだいろ》――寒色系の花吹雪が私の身体をみるみる取り囲んでいく。

まるで竜巻の中に閉じ込められたかのような錯覚《さっかく》を覚えた瞬間、琥珀王子が警戒心をあらわにして背後に飛びすさった。

直後、私を守ってくれていた花吹雪が攻撃に転じる。

烈風とともに射出されたのは、回転する刃物のような氷の花弁。

琥珀王子が剣で弾《はじ》くたびに『キン』という鋭い金属音が響いた。

弾き損ねた花弁が背後の木々をずたずたに引き裂いて後方の曇天へと飛翔していく。

「なるほど――さすが三龍星《さんりゅうせい》っ！」

「いいえ。私はただの臨時将軍ですから」

リンズがタクトを振るうように鉄扇を動かした。

嵐《あらし》のような百花繚乱は重力に逆らって私のほうへと戻ってくる。

氷の花々は、敵を切り裂く刃から姿を変え、対象を守護するための盾《たて》へと再構成されていく――そのあまりにも美しい魔法の妙技に、私は思わず感嘆《かんたん》の吐息《といき》を漏らしてしまった。

「すごいすごい！　リンズって魔法も使えたのか……⁉」

「えっと、はい、将軍だからね。常世《とこよ》だと魔力がなくて使えなかったけど……」

リンズは宙を旋回する花弁の一つをひょいとつまみ、

「この花弁は自然の魔力。何もない街中だと発動できないけれど、草木や雪、炎、風、岩、水

――身の回りの花鳥風月《かちょうふうげつ》を花びらに変換して自在に操《あやつ》ることができる。初代の担《にな》い手が得意だった魔法を改良してみたの」

「ありがとうリンズ～！　後でお礼をしなくちゃな！　何か欲しいものがあったら何でも言ってくれ、リンズみたいないい子には何でもあげちゃうよ！」

「な、何でも……？　えっと……」

「コマリ様いけません、その場のノリで景気の良いことを口走ると必ず後悔しますよ！　リンズ殿が『コマリさんの脱ぎたてスカートが欲しい』なんて言い出したらどうするんですか！」

「言うわけねえだろ」

「そ、そんなことより！　今は戦いのほうが大事だよっ……！」

「そうだった！　琥珀王子は――どわわっ」

足元がいきなり小さく爆《は》ぜた。プロヘリヤのやつが遠くから銃をぶっ放しているのだろう。私とリンズはヴィルに手を引かれてその場を去ると、本陣の背後に茂っていた白い森へと足を踏み入れる。

「おい、どこ行くんだよヴィル⁉」

「まずはズタズタ殿の攻撃を阻害しなければなりません。周囲にこれだけの障害物があれば狙撃は不可能です」

「そりゃそうだけど琥珀王子はどうするんだ⁉　あいつ追いかけてきてるぞ⁉」

振り返ると、マントを吹雪になびかせながら直走《ひたはし》る蒼玉の姿が見えた。

しかもその背後には百人くらいの部下たちも引き連れている。

これに対して私の部下はゼロ。

何であいつら肝心な時にいないんだよ‼――と文句を叫びたくなった時、琥珀王子がさっと右腕を振るった。

濃密な殺意。

「――錬金魔法・【金《きん》の奇跡《きせき》】」

「コマリさんっ！」

「リンズ⁉」

直後、
ズガガガガガガガガガガガガッ‼――と、ものすごい勢いで金色のつぶてが射出された。

周囲を旋回する花弁たちが迎え撃ってくれたが、一つ、また一つと雪原に落ち、何の変哲もない雪片《せっぺん》へと戻っていく。

私はヴィルに抱きしめられながら「うわあああ！」と叫ぶことしかできない。

「何だよあれ⁉　あれも魔法か⁉」

「だ、大丈夫っ！　私がなんとか防ぐよっ……！」

「でもリンズ、このままだと……！」

ぴっ、とリンズの頬《ほお》に赤い切れ込みが入った。

花弁の数が足りない。

圧倒的な物量で金の弾丸に押し流されてしまっている。

琥珀王子の背後には無数の蒼玉たちが控え、魔法の補助を行っているようだ。

これではいくらリンズが花弁を追加したところで敵《かな》いっこない。

「おいヴィル⁉　なんかないのか⁉　毒ガスとか爆弾とか！」

「こちらが風下なので毒ガスは使えませんね。この銃弾の嵐では投擲《とうてき》系の武器も意味はありません。つまり私ができることは何もないのです」

「くそ……」

考えろ。考えろ。考えろ。この状況を脱する方法を――そしてすぐに思いついた。

やっぱり最終奥義を使うしかないのだ。

琥珀王子が「ふふふ」と柔らかな微笑を浮かべ、

「――ガンデスブラッド閣下、きみが掲げる思想はとても魅力的だよ。でもプロヘリヤのほうがもっと魅力的なんだ。世界を導くのは蒼玉しかありえない。白銀革命を成功させるために、僕はこの場できみを殺すとしよう」

統帥権だとか主導権だとか難しいことはよく分からない。

プロヘリヤの考えにも一理あるなと思ってしまうから、今の私には真っ向からそれを否定することはできない。

だが。何を措《お》いても。たとえエンタメ戦争であっても。

むざむざ殺されるのは真っ平ごめんだ――!!

「ヴィル！　血を吸わせてくれ」

「えっ」

「それしか方法ないだろ⁉　正直言ってあんまり乗り気じゃないけど、このままだと私もお前もリンズも第七部隊のみんなも死んじゃうんだ！」

私は何故か顔を赤くするヴィルにしがみついた。

未《いま》だに黄金の弾丸は花弁を撃ち落とし続けている。リンズがギリギリで防いでくれているうちに、何とかあの超パワーを発動させなければならなかった。

私はヴィルの首筋に歯を立て――

あふれ出た血を舐《な》めとった。

全身から魔力があふれる。不可能などないかのような全能感。

ズガガガガガ――と音を立てる金色の弾幕の向こうに立っている琥珀王子を見つめながら、私はゆっくりと立ち上がる。全《すべ》てをはかいする力がこの手にやどり、りんずをたすけるための意志力が、
その瞬間、琥珀王子がわずかに微笑《ほほえ》んだ。

ぶおんっ!!――コマリが軽く腕を振るった。

直後、琥珀王子が射出していた黄金があっという間に薙《な》ぎ払われていく。リンズはその紅色の姿を呆然《ぼうぜん》と見つめ、よろりとバランスを崩して雪の上に尻餅《しりもち》をついてしまった。

圧倒的な魔力・意志力。

どんな者でもたちまち萎縮してしまう殺意。

これがテラコマリ・ガンデスブラッドの神髄、【孤紅の恤】。

だが、その眼差《まなざ》しを真っ向から受け止めているはずの琥珀王子は――もちろん多少動揺した様子を見せているものの、決定的にたじろいでいる様子は見られない。

その口元に浮かんでいるのは、不敵な笑みだった。

「――今のきみには目的意識がない。思想なき烈核解放ほど取るに足らないものはないよ」

目的意識？　思想？

リンズにはその真意がよく分からなかった。琥珀王子は何かとんでもない奥の手を隠し持っているのではないか――そういう嫌な予感が胸を締めつけた。

「はぜろ」

☆

コマリが再び腕を振るった。

その指先から射出されたのは、魔法名すら分からない魔力の奔流《ほんりゅう》。

紅色の光線が雪を蒸発させながら突き進み、敵軍をあっという間に薙ぎ払っていく。

蒼玉たちは吹き飛ばされ、あるいは悲鳴をあげて散り散りに逃走する。

「冗談じゃない！　何だこれは……」

「琥珀王子！　無理です！　これを相手にするのは」

爆音。飛び散る絶叫。紅色の光線が頭上で爆ぜたのである。

強烈な爆風が地上を蹂躙《じゅうりん》し、またたく間に百人からいた蒼玉たちはその数を半分以下に減らしていく――

それでも琥珀王子は倒れていなかった。

肩口を抉《えぐ》られたのか、服は真《ま》っ赤《か》に染まっている。

しかしその瞳《ひとみ》から意志の炎が消えることはなく、むしろ凛然《りんぜん》とした面持《おもも》ちでテラコマリを見つめ返していた。

「うろたえるな！　この革命の正義は僕たちにある！」

「！」

錬金魔法で作った黄金のレイピアの先端に、膨大な魔力が集まっていくのが見えた。

リンズは魔法で妨害しようとしたが、何故か手足が思うように動かなかった。

見れば、琥珀色の沼がリンズの身体にまとわりついて動きを封じている。

しかも沼は、ヴィルヘイズやコマリにも及んでいるようだった。

「コマリ様！　避《よ》けてくださいっ！」

「ひつようない」

「散れ！　革命の礎《いしずえ》となるのだ！」

轟音《ごうおん》が耳朶を打つ。

レイピアから発せられたのは、極太の黄金魔力光線。

先ほどコマリが放った紅色の魔力よりは劣るが、それでもリンズにとっては十二分に恐ろしい威力である。

これでは全員あれに呑《の》み込《こ》まれてしまう。

絶望しながら迫りくる黄金を見つめていた時――

「じゃま」

ぺちんっ。

コマリが消しゴムのカスを払うような動作をした。

それだけで光線は軌道を捻《ね》じ曲げられた。

ぎゅいいいいん、という鮮烈な音を奏でながらわずかに斜め後ろ方向へと逸《そ》らされる。その一秒後、背後の山肌に激突して天地を揺るがすような震動が襲いかかった。

あちこちで悲鳴が聞こえた。

敵の蒼玉たちが「神よ！」と叫んでひれ伏している。

しかし、そのリーダーたる琥珀王子は――

きらめく瞳でコマリを見据え、ぱちぱちと惜しみない拍手を送るのだ。

「強力だね。だからこそ付け入る隙《すき》がある」

「？――何を、」

ヴィルヘイズが必死で「コマリ様！」と叫んでいる。

世界の震動が終わらない。地響きのようなものがずっと連続しているのだ。

リンズはハッとして振り返る。

コマリも振り返る。

それは、白い壁だった。

まるで空が落ちてくるかのような。

途方もない白銀の物体が、こちらを押し流すように迫ってくるのだ。

真っ白の悪夢――〝雪崩《なだれ》〟である。

まさか琥珀王子はこれを狙《ねら》っていたのだろうか。

リンズはびっくりして彼の様子をうかがった。すでに蒼玉たちは【転移】の魔法石で退避を始めている。琥珀王子だけはその場に直立したまま、くすりと上品な笑みを漏らした。

「想定通りだよ」

「――――!」

コマリが飛翔した。その手には膨大な魔力。

そのまま紅色の魔法を雪崩に向かって解き放ったが、流れが止まる気配はない。

恐ろしいスピードでこちらに向かってくる。

「無駄だ。僕たちは三日前から大地に魔力を込め続けていた。その雪崩はもはや煌級《こうきゅう》魔法に等しい。いくらガンデスブラッド閣下の力が強大とはいえ、大勢の人間が長い時間をかけて作り上げた魔法を即座に打ち破るのは難しいよね?」

そうだ。このエンタメ戦争は最初から白極連邦が取り仕切っていた。何か罠が仕掛けられていたとしても不思議ではない。

「コマリ様!　逃げてください!」

「だめ」

コマリの放つ魔法は雪崩を止めるまでには至らなかった。かといって逃げるのは不可能。足元を琥珀色の沼に絡《から》めとられ、刻一刻と迫る死の瞬間を待つことしかできない。

コマリがリンズの目の前に降り立った。

手をかざし、今度は障壁魔法を展開する。それはリンズたちを守るための壁だった。ドーム状に広がっていく魔力が、雪崩を受け止めようと準備を始め――

雪崩とは逆方向から黄金の礫《つぶて》が飛んできた。

「！」

軌道は直線。

構築されきっていないドームの隙間《すきま》を縫い、コマリの心臓を目がけて飛んでくる。

まずい。当たったら大変なことになる。

コマリは烈核解放を発動しているのだ。死んだら本当に死んでしまう。

琥珀王子だってそれを分かっているはずなのに、勝利を焦《あせ》ったのか何なのか、容赦《ようしゃ》なくコマリを殺そうとしている。

「危ないっ」

リンズは咄嗟《とっさ》に雪の大地を蹴《け》った。

コマリを庇《かば》うべく礫の前へと躍り出て——

視界が一気に白くなった。

雪崩が世界を呑み込んだのである。

☆

赤の広場は再び大歓声に包まれた。

琥珀王子の準備していた罠が見事に効力を発揮したのだ。

魔力でコーティングされた雪崩はあっという間にコマリたちを呑み込み、その姿を白銀の海へと隠してしまった。

「きゃ〜っ！　アレクサンドル様かっこいい〜！」

「素敵ぃー！　琥珀王子ーっ！」

蒼玉たち、特に女性ファンは大盛り上がりだった。

一方、これを見ていたネリアとカルラは。

「……あれはさすがにマズイわよね？」

「どう見てもマズイです！　雪崩なんて卑怯ですよ、あれって絶対戦いが始まる前から準備してましたよね⁉」

「テラコマリ先生、死んじゃったかもね……」

「縁起でもないこと言わないでください！　まあ仮にそうだとしても魔核《まかく》で蘇《よみがえ》りはするのでしょうが……でも……」

「烈核解放なら障壁魔法を張った直後に解除されていたから大丈夫よ。でも……白極連邦のこと、ちょっと舐めていたかもしれないわ」

スクリーンは真っ白になっている。戦場の様子はよく分からないが、天を貫く紅色の魔力の気配はすでに消えてしまっていた。ここまでやるとは誰《だれ》が想像できただろうか。

やつらは本気で手に入れる気なのだ――六国を支配する権利を。

ネリアを含めた南軍の面々は、その執念を見誤っていたのかもしれない。

「――行くわよガートルード！　あれじゃあ魔核で復活した途端に生き埋めで無限ループになっちゃうわ！　掘り起こしてあげないと！」

「は、はいネリア様！　スコップ買ってきますね！」

「こはる、私たちも行きますよ！　ついてきてください！」

「カルラ様は足遅いから担《かつ》いでいくね」

「お願いします！」

ネリアはガートルードを伴って戦場に急行した。

カルラも真面目《まじめ》な顔をしてこはるに担がれている。

その時、蒼玉たちが再び大声をあげた。

煙が晴れて見通しがよくなったスクリーンに映し出されたのは、コマリ――ではなくプロヘリヤ・ズタズタスキー。雪崩の現場に向かって高速で飛翔している光景だ。

ネリアは思わず「ちっ」と舌打ちをした。

何から何まで抜かりはないようだ。

プロヘリヤ・ズタズタスキーは、あらゆる意味でこの戦争に〝勝ち〟に来ている。

☆

静かになった。

激しい雪崩はようやく鳴りを潜《ひそ》め、身体の芯《しん》まで凍えさせるような寒さと静けさだけが辺りを支配している。

私は雪の上でむくりと半身を起こし、おそるおそる辺りを見渡した。

真っ白。

四方八方、どこもかしこも雪だらけだった。

ドーム状の空間の真ん中に伏していたらしい。

これはあれだ。私が必死で防御壁を作ったからだ。なんとか助かったようだが――

「コマリ様！　大丈夫ですかコマリ様！」

「ヴィル⁉」

振り返れば、泣きそうな顔のヴィルが駆け寄ってきた。

無事だったんだ。よかった――と思った瞬間、やつは手に持っていた照明用の魔法石を放り捨てて突撃してきやがった。そのままぼすんと雪の地面に押し倒されてしまう。

「ああコマリ様！　お怪我《けが》はありませんか？　確認して差し上げますからじっとしててくださいね」

「おいこら服を脱がせようとするな！　それよりお前は大丈夫なのか⁉」

「はい、私は何ともありません。ただ――」

ヴィルがちらりと視線を横にやった。

雪の上にきれいな緑色の髪が広がっている。すぐそこに倒れていたのは、苦しそうに表情を歪《ゆが》めて意識を失っている少女、アイラン・リンズだった。

「リンズ⁉　大丈夫か⁉」

「私が先ほどまで介抱していました。しかし傷が深くて……」

「そ、そうだ……」

かすかに記憶が残っていた。

雪崩に呑み込まれる寸前、琥珀王子が飛び道具で攻撃を仕掛けてきたのだ。

私はそれに反応できなかったが、リンズが気づいて身代わりになってくれた。

大慌てでリンズのもとへ駆け寄る。

抉られた胸は包帯で覆《おお》われているが、すでに真っ赤に染まっていた。

体温はどんどん冷たくなり、死に向かっていることが克明に分かってしまう。

「コマリ……さん……」

リンズがか細い声を漏らした。

「よかった。コマリさんが無事で」

「何言ってるんだよ！　そんな怪我してまで守ってくれなくても……！」

「だい、じょうぶ。魔核で治るから……」

リンズはムルナイト帝国の魔核に登録されている。

死んでも蘇生《そせい》は可能だが、だからといってみすみす死なせていいはずがないのだ。

「ヴィル！　どうやったら助けられると思う……⁉」

「傷口は塞《ふさ》ぎましたが、体温が急速に冷えていますね。このままだと魔核の回復が追いつかずに凍死してしまうかもしれません」

「凍死ってそんな……」

首筋やお腹《なか》を触ってみる。すでに人間らしい温もりは感じられなかった。

私もヴィルも炎を出す魔法は使えない。魔法石も持っていない。となれば自分たちで何とかするしかない。でもその方法が分からない――

「一つだけ方法があるとするならば。体温を使うことですね」

「た、体温？」

「雪山で遭難した時の生存術ですよ。温もりが人肌しかないのなら、ぎゅっとして温めるしかありません。ここは私が何とかしますので、コマリ様は休んでいてくださ――」

「分かったっ」

私は迷わずにリンズに覆いかぶさった。

呆気に取られるヴィルに構わず、ぎゅーっとリンズを抱きしめる。

冷たい。氷みたいだ。吐く息は白く、リンズの肌は信じられないほど冷えていた。

だが、何故かリンズの鼓動が速まったような気がした。

「こ、コマリさん、いったい何を……」

「静かにしてろ！　今温めてやるから！」

「うぅ……」

「リンズ殿が不埒《ふらち》な顔をしています！　コマリ様ほどほどにしてください！」

「全力でやるに決まってるだろ！　リンズの命が危ないんだからなっ」

リンズは何故か真っ赤になって黙り込んでしまっている。

よし、微妙に体温が戻ってきたな。私の熱を全部あげるくらいのつもりで抱きしめようじゃないか――そんな感じでさらに密着した瞬間、
どぱあん‼

世界が揺れた。それは明らかに外部からもたらされた衝撃。

さらさらとした粉のような雪が大量に降ってきた。

「あ、あれは……ズタズタ殿⁉」

いつの間にか雪の天井《てんじょう》に大穴が開いていていた。

丸く切り取られた青空に浮かんでいるのは、銃を構えた蒼玉の少女――プロヘリヤ・ズタ

ズタスキー。私たちの姿を認めると、「おや」と面白《おもしろ》そうに口の端を吊《つ》り上げ、

「元気そうじゃないか。あれだけの攻撃を食らってぴんぴんしているとは」

「ピンピンなわけあるか！　何しに来たんだよ⁉」

「何しに？　決まっているさ――戦争の続きだよ！」

プロへリヤが容赦なく引き金を引いた。

すぐそこの雪が派手に弾け飛び、私は悲鳴をあげてリンズに覆いかぶさった。

怪我人相手になんてことをするんだ――と憤慨《ふんがい》しかけたが、これは情け無用のエンタメ戦争なのだ。終わるまでは殺されても文句は言えない。

「コマリ様。相手はやる気満々のようですね」

「仕方ないな……」

私はリンズを雪上に横たえると、ふらふらと立ち上がってプロへリヤを睨んだ。

戦うのは心底嫌だが、四の五の言ってられる状況ではない。

「分かったよ！　私が相手になってやろうじゃないか！」

「で、どうするのだ？　また烈核解放でも発動するかね？」

「それしかないだろ！　ヴィル、血を――」

「やめておいたほうがいいよ」

「！」

背後から聞き慣れない声が聞こえてぞっとした。

雪上に広がった琥珀色の沼から、琥珀王子の上半身が飛び出している。

まるで温泉にでも浸《つ》かっているかのような恰好《かっこう》だ。

しかもやつは、リンズの首筋に剣を添えていた。

「琥珀王子⁉ 何やってるんだよ……⁉」

「もちろん人質さ。あまり手荒な真似《まね》はしたくはないけれど、きみにこれ以上暴れられると厄介《やっかい》だからね」

「卑怯ですよ！ 今すぐリンズ殿から離れてください」

「何と言われようと構わないさ」

リンズは苦しそうな目でこちらを見ていた。

ここで無理矢理ヴィルの血を摂取することは可能だが、それをした瞬間、琥珀王子は容赦なくリンズを殺すはずだ。

将軍二人のうちどちらかが死ねば敗北は確定。

いや、それ以前にリンズにこれ以上苦しい思いをさせたくはなかった。

「案ずるな。我々は諸君を雪の中から救出しに来たのだよ。ただし穏便《おんびん》に済ますには条件がある、死にたくなければこの場で降参したまえ」

「まだ勝負は決まったわけではありませんが？」

「別に殺してしまっても私は一向に構わないのだが、無抵抗の相手の命を刈り取るのは趣味ではないのでね。寒くて敵わんからさっさと決断をしてくれると助かるのだが」

ああ――そういうことなのか。

ここで再び烈核解放を発動させても意味はない。

どうやら追い詰められてしまったようだ。

私は大きな溜息《ためいき》を吐《つ》いて両手を上げた。

「……分かったよ、負けでいいよ！　だからリンズは解放してやってくれ！」

「コマリ様⁉　それではズタズタ殿の思う壺《つぼ》ですっ！」

「でもリンズを見殺しにはできないだろ！　どうやったって私たちの負けなんだ」

「っ……」

ヴィルは悔しそうに押し黙った。

こいつもこのまま戦い続けることの無意味さに気づいているのだ。

プロヘリヤは「よし‼」と満面の笑みを浮かべ、

「――だそうだ！　テラコマリ・ガンデスブラッドならびにアイラン・リンズは白極連邦軍に降伏した！　第一タームは我々の勝利だ！」

「聞いていましたか⁉　第七部隊が負けたわけでは――」

うおおおおおおおおおおおおおおおお――‼

ズタズタ!!　ズタズタ!!　ズタズタ!!　ズタズタ!!　ズタズタ!!　ズタズタ!!

ヴィルヘイズの声を遮《さえぎ》るように蒼玉たちが歓声をあげた。

琥珀王子も矛《ほこ》を収めて立ち上がる。

あいつの言った通りだ。

私たちには明確な目的意識がない。

何かを成し遂げようと強く願う者が勝つ——それが当たり前なのだから。

「さあ、統括府に帰還しようではないか」

プロヘリヤが私に手を差し伸べて言った。

声が震えているし、カチカチと歯が鳴っている。

セリフは勇《いさ》ましいが、寒くて仕方ないのだろう。

「……リンズのことは鄭重《ていちょう》に扱えよ？　大怪我してるんだからな」

「もちろん乱暴はせんよ。アイラン・リンズは大事な駒なのだ」

「駒ってどういう意味だ？」

「ルールを忘れたのか？」

プロヘリヤはくるりと踵《きびす》を返してこう言った。

私は思わず悲鳴をあげそうになってしまった。

「——敗軍の将は勝ったほうのモノになるのだ。お前とリンズ、二人まとめて私の所有物にしてやろうじゃないか」

「――どうして記憶が見られないのですか?」

「どうしてだろうな? お前の烈核解放《れっかくかいほう》がその程度だったってことじゃないのか?」

魂をも凍《い》てつかせる牢獄《ろうごく》の中ほどで、魔核《まかく》による無限恢復《かいふく》の奇跡が起きた。鎖でつながれていた長身の男――元書記長イグナート・クローンの傷が、みるみる回復していくのだ。

それ自体は何らおかしなことではない。

おかしいのは、いくら殺害しても彼の記憶を覗《のぞ》き見ることができなかった点である。

真っ白。

まるで記憶そのものが初めから存在していないかのような。

指先からぽたりぽたりと垂れる血が、冷気に触れてどんどん固まっていく。

「せっかくですから、寒さの原因以外にも色々と調査しようと思ったんです。でも書記長さんの頭には記憶の星座が存在しません。これではコマリさんの役に立つことができません。コマリさんは白極連邦《はっきょくれんぽう》で何が起こっているのか知りたがっているはずなのに……」

「ではどうする? 拷問でもして吐かせるか」

「はい」

サクナは氷の刃《やいば》を書記長の腹部にめり込ませる。

肉が抉《えぐ》れ、血は滴ったが、書記長の顔色が変わることはなかった。

そうだ。この男は最初からずーっと得体の知れない笑みを浮かべているのだ。

さすがのサクナも気味の悪いものを感じて一歩退く。

「……何を企《たくら》んでいるんですか？　コマリさんに関係のあることですか？」

「大いに関係あるさ。何せ俺《おれ》は白極連邦の、ひいては六国《りっこく》の平和を願っているのだから。あの子とプロヘリヤが力を合わせてくれれば、どんな脅威も怖くはないのだよ」

「信用できませんね。カルラさんを狙《ねら》っていたと聞いていますが」

「そうだ。これから狙うのだ」

書記長は余裕綽々《しゃくしゃく》の態度を崩さなかった。

拘束具で雁字搦《がんじがら》めにされ、魔力的にも結界が施されたこの状況下で何ができるのか。

何もできないはずだが、一抹《いちまつ》の不安は拭《ぬぐ》えない。

そこでサクナは名案を思いついた。

「……あの、爆破《ばくは》させていただいてもいいでしょうか？」

書記長が初めて表情を変えた。

「……爆破？　どういうことだ」

「粉々になれば、魔核で復活するまでのインターバルが長くなりますよね？　復活するたびに爆破しておくんです。そうすれば変なことをする隙《すき》もないかなって……」

サクナはポケットに常備している爆発《ばくはつ》魔法の魔法石を取り出した。

書記長はしばらく目を丸くしていたが、やがて「はははは！」と大声で笑い、

「面白《おもしろ》い！　信じられないくらいに過激だ。どうだね、俺のもとで働いてみないか？」

「遠慮しておきます。ではさっそく――」

「まあ待て。それよりも外で大変なことが起きたようだ」

「外……？」

その時、ポケットの内側の通信用鉱石が光りを発した。これはヴィルヘイズとつながっているものだ。書記長が「出てみれば」と促す。警戒しながら魔力を込める。

「はい。サクナ・メモワールです」

『あ　ああ　あああああああ…………』

「……はい？」

「あああ……あああ　ああああ……ああああ……」

「あの、ヴィルヘイズさんですよね？　どうかしましたか？」

『コマリ様が……コマリ様が………』

「コマリさんが⁉　コマリさんがどうかしたんですか⁉」

しかしヴィルヘイズは奇妙な呻《うめ》き声を漏《も》らすばかりで要領を得ない。

何か尋常《じんじょう》でないことが起きているのは確実だった。

焦《あせ》りが肥大化していくのを感じていると、書記長が笑ってこんな爆弾を落とした。

「テラコマリ・ガンデスブラッドはプロヘリヤに負けたのさ」

「え」

「白銀《はくぎん》革命とやらのエンタメ戦争部門だ。負ければ勝者に服従――そんなルールだったかね？ いやしかし、これではムルナイトは我々の支配下に入ったも同然だな」

絶句した。

そんなまさか。

コマリさんが。コマリさんが――

☆

「テラコマリでも負けるんですねえ。びっくりです」

ガートルードがココアをふーふーしながら言った。

場所はホテルの会議室である。

現在、ネリアはカルラ率いる天照楽土軍《てんしょうらくどぐん》と打ち合わせをしていた。第一タームでコマリがまさかの敗北を喫したため、何が何でもズタズタを倒さなければならなくなったのだ。

「ど、どうしましょう⁉　私たちの出番が来てしまいました……⁉」

「カルラ様、頑張ってね。応援してる」

「応援だけじゃなくて戦ってください‼　何でも言うこと聞いてあげますから‼」

「分かった。命令考えておくよ」

「優しいのでお願いします‼」

天照楽土組は呑気なものだった。緊張感が全然ないからすごい。

ガートルードが「ネリア様」とこちらを向いて、

「どうしてテラコマリは負けちゃったんでしょうか？　ムルナイトの第七部隊って無敗を誇ってたんじゃ……？」

「こないだラペリコ王国との戦いで負けてたでしょ？」

「あれ、そうでしたっけ」

「そうよ。負けた理由は前回も今回も一緒。コマリ個人は最強の力を持っているし、第七部隊も精鋭揃いだけど、他の部隊との連携が全然とれないのよ」

第一タームはひどいものだった。暴走する第七部隊、その後を追うことしかできないリンズの部隊。あれでは作戦もへったくれもない。

「その一方で白極連邦側は見事に連携していたでしょ？　ズタズタ隊は遠距離攻撃、琥珀王子は奇襲を仕掛ける係。ちゃんと役割分担できているし、一つの戦略のもとに動いている感じがあったわ。コマリたちが負けちゃうのもしょうがないわね」

「今回は敵が一枚上手だったたってことですね」

「ま、作戦勝ちかしら」

コマリの敗北は色々な陣営に衝撃をもたらすはずだ。

事実、さっきから断末魔の悲鳴が絶え間なく聞こえてくる。下の階で作戦会議をしているらしい吸血鬼どもの声に違いなかった。

そして、ネリア自身も少なくないショックを受けている。

コマリが負けたこともそうだが、コマリが奪われてしまったことが問題なのだ。

「……絶対に取り戻してやるわ。ズタズタをズタズタにしなくちゃね」

☆

「あああああああああああああああああああああああああ!!」

「ぎゃあああああああああああああああああああああああ!!」

「ぴょおおおおおおおおおおおおおおおおおおおおおおおお!!」

統括府の高級ホテル、そのエントランスに絶叫が轟《とどろ》いていた。

轟かせているのはムルナイト帝国軍第七部隊の面々である。

滝のような血涙を流す者。キツツキよりも激しく壁に頭を打ちつける者。妖怪《ようかい》のように大笑いしながらコサックダンスをする者。コマリン閣下の写真に五体投地して「神ヨォオオ!!」と祈りを捧げる者。

常識的な感性を持つエステル・クレールには理解できないカオスが広がっていた。

「み、皆さん！　静かにしてください、他《ほか》のお客さんに迷惑ですっ！」

「ああああっあああああっ閣下ああああああっ!!」

「こら、ウヌンガ曹長！　気持ちは分かりますが切腹は駄目ですよっ！　ここで死んだら生き返れないんですからね!?」

エステルは大慌《おおあわ》てで部下の奇行を止めた。

もはや新米の少尉に処理できるレベルを超えている。

隣で壁に凭《もた》れていた犬男——ベリウス・イッヌ・ケルベロが「はあ」と溜息《ためいき》を吐《つ》き、

「エステル、好きに暴《あば》れさせておけ」

「でもケルベロ中尉、このままだとホテルが爆発しそうなんですが!?」

「ホテルで済むなら御の字だ。何故《なぜ》なら我々は滅多にない悲劇に見舞われているのだからな」

「そ、そうですね。負けるなんてあんまりないですからね……」

ベリウスは苦虫を嚙《か》み潰《つぶ》したように頷《うなず》いて、

「白銀革命とやらは通常のエンタメ戦争ではない。これが負けにカウントしていいのかは微妙だが、連中に土をつけられたのは確かだ。その衝撃は隕石《いんせき》が衝突した時より大きい」

「あれ？　でも先日のラペリコ王国戦でも負けませんでしたっけ？」

「あれはデルピュネー将軍の責任ということになっている。第七部隊の実力とは関係ないからノーカウントだそうだ。……見ろ、カオステルのやつなどは干からびた死体のようになり果てているぞ」

　エステルは促されてちらと視線を走らせる。

　部屋の隅っこに設置された椅子《いす》に、カオステル・コント（だったもの）が腰かけていた。

　本性を隠しながら模範囚としてコツコツ刑務官の信頼を築き上げ、一時的に釈放されることには成功したものの魔が差して不埒《ふらち》な行為に及んだ結果、刑期が死ぬほど爆延びした懲役囚のような顔をしていた。

「ああ閣下……申し訳ございません……私が不甲斐《ふがい》ないばっかりに……第七部隊の参謀として失格です……ヨハンのごとく真っ先に死んでしまうなんて……」

　これを聞いたヨハンの血管がブチリと切れ、

「おいカオステル！　それはどういう意味だ⁉」

「どうもこうもありませんよ……これではヨハンと同じだと言いたいのです……第七部隊にまったく寄与することなく散っていく哀れな肉壁……」

「だからどういう意味だって聞いてるんだよっ‼」

ヨハンがカオステルの胸倉をつかんでガクガクと揺さぶる。しかしカオステルは真っ白に燃え尽きていた。ろくな反応を示さない。

「……ちっ、腑抜《ふぬ》けやがって。それでも第七部隊の幹部かよ」

「意外だな。貴様が多少なりとも冷静さを保っているとは」

「僕だって悔しいよっ！」

ヨハンはギロリとベリウスを睨《にら》み上げた。

「今すぐにでも殴り込みに行きたい気分だぜ。……だがな、正式な決闘で負けた以上、盤外で暴れ回ったってろくな結果にはならねーんだ。ここは慎重に行動したほうがいい」

「貴様、何か悪いものでも食べたのか？」

「ヘルダース中尉、少し横になったほうが……」

「変な心配をするな！　お前らだって分かってるだろ、下手に動けばテラコマリがひどい目に遭うかもしれないんだ！　あいつは今、ズタズタの人質になっちまったんだからな！」

そうなのである。

第一タームで敗北したコマリン閣下（とリンズ）は、ルールに則《のっと》って北軍陣営に引き取られることになった。その処遇はプロヘリヤに委《ゆだ》ねられるため、昨日から第七部隊のもとには戻ってきていない。

エステルはヨハンの心情を察した。

ヨハンはコマリン閣下のことが心配だからこそ逆に冷静になっているのだ。

考えなしに暴れれば、人質たるコマリン閣下に危害が加えられるかもしれないから。

「なあエステル、ズタズタってどんなやつなんだ？　やっぱり凶暴な将軍なんだよな？　テラコマリは本当に大丈夫なのか？　白極連邦の捕虜《ほりょ》に対する扱いってどんな感じだっけ……⁉」

「わ、分かりません！　しかしズタズタスキー閣下は無闇《むやみ》に人を傷つけるような方ではないはずですが……！」

「僕は狙撃されて死んだんだが⁉」

「それは戦争だからだと思われますっ！」

「くそ、こうしちゃいられねえ！　やっぱりちょっと様子を見てくるぜ！」

「やめろ糞餓鬼《くそがき》。貴様が行ってもカチコミと勘違いされるだけだ」

「じゃあどうすりゃいいんだよ⁉　両手を上げて乗り込めばいいのか⁉」

そんなバンザイ突撃をしたらむしろ警戒される。

今はもっとも階級の高い者の指示に従うべきだ――と思ったが、大尉であるメラコンシーは統括府で開催されている〝真夏の寒中水泳大会〟に出場するため消えた。次に偉いのは中尉の面々、特にコマリン閣下の腹心であるヴィルヘイズなのだが。

「ああ　ああ　コマリ様コマリ様コマリ様……」

そのヴィルヘイズは、柱に縛りつけられて身動きがとれずにいた。

ズタズタの根城《ねじろ》に特攻をしかけようとしたところを取り押さえられたのである。

放置しておけば事態がややこしくなるため、やむを得ず拘束する羽目となったのだ。

「エステル……！　これを解《ほど》いてください！　コマリ様が……コマリ様が……！」

「ヴィルさん、落ち着いてください！　ズタズタスキー閣下のところへ向かっても意味はありません！」

「意味はあります！　コマリ様がズタズタ殿に卑猥《ひわい》な仕打ちを受けるのを止めることができますっ！」

「いえ、ズタズタスキー閣下はそんなことしないと思いますっ！」

「まあしかし、第七部隊を堰《せ》き止めたところで焼け石に水といったところだな」

「え？　ケルベロ中尉、どういうことですか？」

「騒ぎは第七部隊だけでは収まらないということだ」

ベリウスが新聞を差し出してきた。

その大見出しに書かれていたのは――

『帝都の暴動は最高潮へ!!　やはり理性なき吸血鬼に世界をまとめるのは難しいか』

「……何ですかこれ」

「六国新聞の記事だ。第七部隊の敗北に怒りを爆発させた吸血鬼たちが大暴れをしているらしい。宮殿はいま、文字通りの炎上中だ。フレーテ・マスカレールが鎮火と鎮圧に奔走《ほんそう》しているという話だが、あれに止められるかどうかも分からん。ついでに『夭仙郷《ようせんきょう》が足を引っ張ったせいだ』と主張して京師《けいし》にテロを仕掛ける連中も現れたという」

「嘘《うそ》ですよね」

「本当だ。それにしてもこの新聞、いつもと違ってムルナイト帝国を煽《あお》るような文体なのが引っかかるが……」

エステルの脳は停止しかけた。

自分たちが負けたせいで世界崩壊の危機がすぐそこに。

ああ。ごめんなさい。

私がもっとしっかりしていれば――

その時、『どばぁん‼』と部屋の扉が拳《こぶし》で突き破られた。

サクナ・メモワールが猪突猛進《ちょとつもうしん》の勢いで転がり込んできたのだ。

「コマリさん！　コマリさんはどこですか……⁉」

「ああメモワール殿っ……！　コマリ様はズタズタ殿に攫《さら》われてしまいました。今頃《いまごろ》あんなことやこんなことをされているのでしょう……」

「そんな……！」

サクナは真《ま》っ青《さお》になって座り込んでしまった。

それよりもぶっ壊された扉が気になる。気になることが多すぎる。

ヴィルヘイズはサクナをまっすぐ見つめ、

「コマリ様を救出しに行かなければならないのです。なのにこの拘束が全然破れなくて困っているんです……」

「分かりました、いま引き千切《ちぎ》りますね！」

「ま、待ってくださいメモワール閣下！　冷静になりましょう！」

エステルは慌ててサクナを押し止《とど》めた。ヌーの大群を一人で相手にしているような気分だったが、ここでサクナやヴィルヘイズを解き放ったら事態はより面倒なことになる。

サクナは「どいてくださいエステルさん！」と暴れ、エステルは「落ち着いてくださいお願いですから！」と宥《なだ》め、第七部隊のボルテージもぐんぐん上がっていき――

声が響いたのはその瞬間だった。

『ごきげんよう南軍の諸君！　昨日はよく眠れたかね⁉』

「「「「‼」」」」

エントランスホールの中央に映し出されたのは、プロヘリヤ・ズタズタスキーの笑顔（ドあっぷ）だった。ズタズタ軍の連中が魔法でスクリーンを作り出したらしい。

ヴィルヘイズが「ちっ」と舌打ちをし、

「いったい何の用ですか？　我々はあなたと話していられるほど暇ではないのですが？」

「そうだそうだー！」「すっこめズタズタぁ！」「ぴょおおおおお！」――コマリ隊のやつらは大ブーイングだ。しかしプロヘリヤは柳に風といった様子で笑みを深める。

『元気そうで何よりだ！　まあ負けた後に元気であっても意味はないのだがね』

「挑発ですか？　意外と品のないことをするのですね」

「そうだぞー！」「下品だ下品！」「俺たちを見習えー！」――どっちが下品なのか分かったものではない。

『私も挑発するためだけに連絡するほど暇ではないよ。今のうちに白銀革命の有用性を認めて降参したまえと伝えたかったのだ。早い話が降伏勧告だな』

「ふざけないでください。絶対にコマリ様は取り返しますからね」

『そうかそうか。それはまことに残念だ。命を無駄にするのは賢い選択とは言えないが、それがお望みとあらば仕方がない――我々白極連邦軍は全力でもって諸君を殲滅《せんめつ》して差し上げようではないか！』

ズタズタ!!　ズタズタ!!　ズタズタ!!――画面の向こうからズタズタコールが聞こえてくる。ズタズタスキー隊の蒼玉《そうぎょく》たちも控えているのだ。

『ああそうそう。ちなみにテラコマリとアイラン・リンズの処遇だが』

プロヘリヤはニヤリと笑い、

『すでに私のもとで存分に働いてもらっているぞ』

「どういう意味ですか⁉　コマリ様は……」

『安心したまえ。この二人はすでに白極連邦の所有物だ。手荒に扱ったりはせんよ。……テラコマリ、おやつが食べたいな』

『は、はい。こちらプリンでございます』

第七部隊は一様に押し黙った。

スクリーンから聞こえてきたその声は、紛《まぎ》れもなく彼らが敬愛する殺戮《さつりく》の覇者《はしゃ》――テラコマリ・ガンデスブラッドのもので間違いなかったからだ。

間もなくプロヘリヤのもとに差し出されたのは、皿に載った美味《おい》しそうなプリン。

プロヘリヤはそれをスプーンで掬《すく》うと、もぐもぐ食べ始める――

「――ズタズタ殿⁉　コマリ様がそこにいるんですか⁉」

「コマリさんを映してください！　さもないと……さもないと……」

ヴィルヘイズやサクナのみならず、第七部隊の連中も馬鹿《ばか》のように大騒ぎしていた。

プロヘリヤは「ああそうだ」と思い出したようにつぶやき、

『これでは状況が分からなかったな。おいピトリナ、もう少し画面を引いてくれたまえ』

『承知いたしました』

すーっと画面が引き伸ばされていく。

そうして映し出されたのは――

椅子にふんぞり返ったプロヘリヤ・ズタズタスキー。

そしてその両脇《わき》に、世にも可憐《かれん》なメイドさんが控えていた。

片方は緑色の髪の小柄な夭仙《ようせん》。恥ずかしそうに頬《ほお》を染めながら『こちら湯たんぽです』とプロヘリヤにご奉仕している。ふりふりのメイド服は実用性よりも可愛《かわい》らしさを追い求めた一品で、スカートの丈はエステルの常識からすれば有り得ないほどに短い。ちょっと風が吹けば大変なことになってしまうこと請け合いだ。

そしてもう片方は、金色の髪をポニーテールにまとめた吸血鬼の少女。羞恥《しゅうち》のためか耳まで赤くなっている。それでも懸命に『紅茶を淹《い》れました』『タオルをどうぞ』と主人に仕える様はいじらしいことこの上なかった。不意に暖房用の魔法石から風が吹いた。二人のメイドさんは『きゃあ』と悲鳴をあげてスカートを押さえる。プロヘリヤが『わはは』と笑う。エステルは夢でも見ている気分でぼーっとスクリーンを眺める。

いや、夢ではない。

あの二人は――言うまでもなくアイラン・リンズとテラコマリ・ガンデスブラッド。

天下の六戦姫《ろくせんき》二人は、敵軍に敗北し、捕らえられ、無理矢理メイドさんに作り替えられてしまったのだ。

「ぶっ」と誰《だれ》かが変な声を漏らした。ヨハンが鼻血を噴き出したらしい。

第七部隊のやつらもあまりの光景に絶句。

カオステルなんぞは酸性雨で立ち枯れしたブナの木のように立ち尽くしていた。

『どうだね？　ピトリナにメイド服を手配してもらったのだが、なかなか似合っていると思わないか？　白銀革命が終わるまでは私の下僕としてコキ使ってやるさ』

「あ。あ。あ。こま。コマリ様………」

『ネリア・カニンガムよ、そういえばお前はテラコマリをメイドにしたい願望があったそうだな？　だが残念！　メイドテラコマリを獲得したのは――この私！　プロヘリヤ・ズタズタスキーだ！』

……ネリア？　ネリアはここにはいない。

アルカ軍と天照楽土軍《てんしょうらくどぐん》は、第二ターームの戦いに備えて上の階で作戦会議をしているはずだから――と思っていたら、『なぁにやってんのよコマリぃいいいいい!!』という大音声《だいおんじょう》が下の階まで響いてきた。どうやらあっちでも同時上映されているらしい。

そこでふとエステルは見た。

縛りつけられたヴィルヘイズ、そしてその隣に立っているサクナの周囲から、どす黒い魔力（?・）が漏れ出ている光景を。

「……ズタズタ殿。色々と覚悟はできているようですね」

「プロヘリヤさん、それはちょっと……よくないと思いますね……」

エステルは「ひいっ」と悲鳴を漏らしてしまった。

第七部隊の男性陣はさておき――この二人はガチだ。世界を滅ぼす勢いだ。放置していたらプロヘリヤはズタズタのミンチにされてしまうかもしれない。

ところが、当のプロヘリヤは『んー?』とこちらに耳を近づける動作をし、

『何か言いたいことがあるのか？　聞かずとも負け犬の遠吠《とおぼ》えが聞こえてくるようだぞ！』

「聞かずとも？　いったい何を……」

『そういうことだ。最初からそちらの音声はこっちに届いていない。何か言いたいことがあるのなら、武力で存分に語り合おうじゃないか。それでは負け犬の南軍くん、次の戦場で会えるのを楽しみにしているぞ！　わはははははははは！』

ブツン。

スクリーンが消えた。

後に残されたのは、痛いほどの静寂。

☆

「わはははははは！　これで連中のやる気に火がついたことだろうよ」

「何やってんだよお前⁉　完全に挑発じゃねーか‼」

党本部・書記長の執務室である。

プロヘリヤの傍《かたわ》らに控えながら、私は思わず頭を抱えてしまった。

あんなふうに焚《た》きつけたら、第七部隊のやつらが肉を見つけたピラニアのように襲いかかってくるに決まっている。

しかしプロヘリヤは「大丈夫だ」と笑い、

「こちらにはテラコマリやリンズという人質がいるのだ、下手な動きはできないだろうよ。できたとしても私が個人的に叩《たた》き潰してやるから問題はない」

「いや、そもそも何で挑発なんかしたんだよ」

「やつらに目的意識を与えてやったのだ。人質を取り戻すという目的があれば、やる気も一入《ひとしお》だろう？」

「私たちがやる気ゼロだったとでも言いたいのか？」

「ゼロではないが半分くらいしかなかったな。そうでなければお前があれほど簡単に負けるとは思えん。そしてこれでは各国の民も納得しづらい」

プロヘリヤの考えていることがよく分からなかった。

余人には想像もつかない戦略があるのは確実なのだが――

「それよりもテラコマリ。肩を揉《も》んでくれたまえ」

「何で私がそんなこと……」

「ルールはルールだ。お前は私のメイドになったのだよ」

「ぐ……わかり、ました……」

「リンズには脚を頼もうか」

「は、はいっ！」

私は屈辱的な気分でマッサージにとりかかった。

リンズも唯々諾々《いいだくだく》とプロヘリヤの足元に跪《ひざまず》く。

ふと気になって覗いてみると、リンズは真面目《まじめ》にプロヘリヤのふくらはぎをモミモミしていた。ちょっとぎこちないが、ご主人様のために一生懸命手を動かしている。その献身的な様子があまりにも可愛らしかった。

メイドリンズもいいな。でも今リンズが仕えているのは私じゃなくてプロヘリヤなんだよな——くそ、なんだこの得体の知れないモヤモヤは⁉

「テラコマリ、手が止まっているようだが？」

私は慌ててプロヘリヤの肩を揉み始める。

第一タームで敗北した後、文句を言う暇もなく党本部に連行されてしまった。

そして渡されたのが、このアホみたいに際《きわ》どいメイド服である。

ルールと言われてしまえば着るしかない。

「……でも意外だな。プロヘリヤがネリアみたいなメイド好きだったなんて」

「必要な措置だから講じたまでのことだ。メイドに執着などない」

まあ確かにネリアみたいな拘《こだわ》りはなさそうだ。

こいつは徹頭徹尾《てっとうてつび》、自分の目的を達成するためだけに動いている。

この白銀革命の行く末が気になるところだった。

「……なあプロヘリヤ。何でこんな戦争を始めたんだ?」

「言ったはずだが?　六国は権力のもとに統合されるべきなのだよ」

「世界征服ってことか」

「そう解釈してくれても構わんね」

のらりくらりと躱《かわ》されている。プロヘリヤの腹の内には何か遠大な野望が秘められているに違いないのだが、今は教える気などさらさらないようだ。

もっと仲良くなれば教えてくれるのかな——そんなふうに考えながらプロヘリヤの後頭部を見つめていた時、コンコンとノックする音が聞こえた。

「入りたまえ」

「失礼」

ガチャリと扉を開いて現れたのは、マントをなびかせる麗人——琥珀《こはく》王子アレクサンドル・アルケミー。驚いたように「おや」と瞠目《どうもく》し、

「メイドさんだ。とても似合っているね」

「似合ってても嬉《うれ》しくないっ！」

いきなり何を言い出すんだこの人は。プロへリヤの脚を揉んでいたリンズも恥ずかしそうに私の背後に隠れてしまったではないか。

「あはは。そんなに照れなくてもいいのに。可愛いんだから堂々としていればいいんだよ」

「おい琥珀王子。女性にそういうセリフはセクハラだぞ」

「おっとごめんね、つい癖《くせ》で」

琥珀王子は☆が飛びそうなほど爽《さわ》やかなウインクをぶちかました。

この人はその甘いルックスから多くの女性ファンを獲得しているらしい。

リンズに悪影響を与えないように私がしっかり見張っておかなければならない。

琥珀王子は私のほうに向き直り、

「大丈夫だった？　ちょっとやり過ぎたんじゃないかって心配になってたんだ」

「え？　何のこと？」

「雪崩《なだれ》のことだよ。ごめんね、僕も必死だったから……」

この人、もしかしてマトモな感性を持った人なのか？――いや違う。騙《だま》されるな。マトモな感性をしていたら敵軍を雪崩でぶっ殺そうなんて考えないはずだ。それにこいつはリンズを人質にとって好き放題したのだから。

とりあえずイキっておこう。

「あの程度じゃ私は倒せないぞ！　あの雪崩があともう1ダース来たって屁《へ》の河童《かっぱ》だ！」

「それはよかった。魔核で治るといっても女の子を傷つけるのは忍びないからね」

あれ？　もしかして本当に良識のある人なの？

私みたいにイヤイヤ将軍やってるタイプの人間？

プロヘリヤが「ちっ」と舌打ちをして、

「何を気障《きざ》なことを抜かしているんだ琥珀王子。テラコマリは今まで何度も死線を潜《くぐ》り抜けてきた猛者《もさ》中の猛者だぞ。気を遣《つか》うような相手じゃない」

「いいや違う！　ガンガン気を遣ってくれ！」

「確かにプロヘリヤの言う通りだね。ガンデスブラッド閣下は僕よりもはるかに格上だから、余計な心配だったみたいだ」

「話を聞け！」

と文句を言ってから気づいた。私は琥珀王子に対して強者《つわもの》ぶるべきなのか、ぶらないべきなのか。めんどくさいから余計なことはしゃべらないでおこう。

「ところで琥珀王子よ、私に用があって来たんじゃないのかね」とプロヘリヤ。

「ああそうだった。〝秘宝〟についてなんだけど、未《いま》だに影も形もないようだね。まずは〝要塞〟を見つけないとダメみたいだ」

「なるほど。だがそれは急ぎではないから後回しでいい」

「そうかな。僕は必要だと思うんだけど」

「いいや、白銀革命を無事に終わらせることのほうが大事だ。後のことはあのケチな蒼玉に任せておけ」

「そうは言ってもね……まあ、きみがそう言うなら僕は戦争に専念するとしよう」

リンズが「ねえコマリさん」と耳元でささやいた。くすぐったい。

「何の話をしているのかな？　秘宝って聞こえたけど……」

「んー、書記長のへそくりじゃない？　5万メルくらい隠してたのかも」

「そう！　まさしくへそくりだ！」

急にプロヘリヤが叫んだのでびっくりしてしまった。

やつは不敵に笑って私を見下ろして、

「白極連邦〝前〟書記長イグナート・クローンには、共産党に内緒で秘密の兵器を作り出しているという噂《うわさ》があるのだよ。我々はそれを便宜的に〝秘宝〟と呼んでいる」

「何だそれ……？　お金じゃないの？」

「あの、私たちに教えちゃっても大丈夫なんですか……？」

「構わんさ、六国は手を取り合って困難に立ち向かうべきだからね。隠し事はナシだ――なあ琥珀王子？」

「秘宝が存在するって確定したわけじゃないからね」

琥珀王子は苦笑する。

「プロヘリヤは秘宝のことを『兵器』って言ったけど、それが本当なのかも疑わしい。ただ、悪用すれば一国を滅ぼすことができるほどの力を秘めている――っていうのがもっぱらの噂なのさ」

「その手のお宝の正体って、だいたい魔核だろ？」

「魔核の正体とありかは知っている。ゆえに秘宝は魔核ではないのだよ」

ふと、琥珀王子が意味深な視線をプロヘリヤに向けた。

それは――羨望《せんぼう》だろうか？　いずれにせよ一瞬のことだったのでよく分からない。

リンズがちょっと迷ってから口を開いた。

「……何故その秘宝が存在するということが分かったのでしょうか？」

「協力者のトリフォン・クロスが教えてくれたからだ」

「とり……え？　トリフォン!?」

琥珀王子が「そうトリフォン」と微笑《ほほえ》んで、

「秘宝の存在は彼の口からもたらされたものだけど、後で見つかった書記長の日記を見たら、それらしき記述が本当にあったんだ。彼には感謝しないとね」

信じられない名前が出てきて仰天した。

　トリフォンって、逆さ月のトリフォン？　吸血動乱で私とヴィルをボコボコにしたテロリストのトリフォン？　常世《とこよ》では何だかんだ協力関係になったけど怖すぎて結局そんなに仲良くなれなかった、あのトリフォン？

「私が招いたのだ。やつはもともと白極連邦の共産党員だったが、イグナート・クローンとの政争に敗れてテロリストとなった男だ。本来ならば唾棄《だき》すべき存在だが、白銀革命を成功させるためには――書記長を陥《おとしい》れるためには必要な人材だったのさ」

「な、何で」

「やつは共産党や書記長についての秘密を握っている。今も色々な調査を任せているところだよ」

「今回のスキャンダルはほとんどトリフォンが暴いたようなものなんだ。あの人は何故か書記長しか知らないはずの秘密の倉庫の暗証番号を知っていてね。そのおかげで天照楽土への侵攻計画を防げたわけだから、その点は感謝しないとね」

　それは確かにそうなのかもしれないが。

　わざわざ常世からトリフォンを呼び寄せるなんて普通じゃない。

「……なあプロヘリヤ。一応忠告しておくけど、トリフォンには気をつけろよ？　あいつは殺人鬼の中でもトップクラスでけったいな殺人鬼だからな」

「分かっているさ。手駒の管理に抜かりはない」

その時、テーブルの上にあった魔法石が『ちりーん』と涼やかな音を立てた。

プロヘリヤが思い出したように立ち上がる。

「――仕事の時間だ。テラコマリ、リンズ、ついてきたまえ」

「仕事？　どこに行くんだ？」

すたすたと歩いていくプロヘリヤ。

その背中に、琥珀王子が慌てて声をかけた。

「プロヘリヤ。さすがに今はそれどころじゃないはずだよ」

「いいや、これも革命の一環なのだよ。仮にも〝書記長代理〟という地位をいただいた身だからね、どんな時でも人民に寄り添うようでなければならん」

「前の書記長はそんなことしてなかったと思うけど」

「では言葉を変えようか。どうせ第二タームまではあと少しあるのだ、時間をどう使おうが私の勝手ではないか！」

琥珀王子は苦々しい表情で黙ってしまった。

仕事って何だ？　書記長の代理以外にもやることがあるの？

不思議に思って目で問いかけてみると、プロヘリヤはニヤリと笑って言うのだ。

「ピアノの先生だよ。私にとっては書記長代理と同じくらいに大事な労働さ」

☆

プロヘリヤが経営する〝ズタズタ音楽教室〟は、初等学校のすぐ近くのアパートメントを間借りして活動しているらしい。

「――この教室を始めてからもう三、四年経《た》つが、徐々に口コミが広がっていってね。今では生徒総数二十人を超えているよ。私ひとりで切り盛りするのは難しいから、他の先生も雇い始めたところだ」

「すごいな。カルラもそうだけど、自分でお店を経営するのは憧《あこが》れるよ」

「憧れているだけでは何も始まらん。お前も何かやってみたらどうだね」

「そうだな……昼寝代行サービスとかどうかな?」

「お前は社会を舐《な》めているのか?」

ごめん。

ぬくぬくした廊下をしばらく歩くと、目的の部屋に到着した。

壁をぶち抜いた大広間で待っていたのは、七、八人の子供たちである。今日は個人レッスンではなくグループレッスンの日なのだとか。

「待たせたな！　今日のレッスンを始めようではないか！」

子供たちが「ズタズタ!!　ズタズタ!!」と狂喜乱舞していた。

プロヘリヤは「変なコールはよせ！」とぷんぷん怒り、

「さては諸君、白銀革命を見ていたな⁉　わが軍の活躍の感想を端的に述べよ！」

「すごかった！」「さすがプロヘリヤ先生！」「テラコマリなんてぼこぼこだ！」「ピアノの先生やめて軍人になれば？」――子供たちはわーわーきゃーきゃーと大騒ぎ。

プロヘリヤは満更でもなさそうに頷いていた。

「白極連邦軍は最強だ。これからも期待に応《こた》えられるように頑張ろうじゃないか。それとイワン、私はむしろ軍人が本職なのだよ覚えておきたまえ」

「先生、そっちの変な恰好《かっこう》の人たちは誰？」

子供たちの目が私たちに向いた。ちなみに未だにメイド服の着用を義務付けられている。変な恰好でごめんなさい。

「おっと紹介が遅れてしまったな！」

プロヘリヤは私とリンズを両手で示し、

「こちらは一緒におうたを歌ってくれる臨時講師の方々だ！　右からテラコマリ・ガンデスブラッド先生、アイラン・リンズ先生！　知っている者もいるのではないかね？」

「えっ、もしかして戦争で負けた人たち⁉」

「すごい、本物のテラコマリだ！」

「超よわそー‼」

子供たちはキラキラした目で私たちに近寄ってきた。

中にはメイド服をぺたぺた触ってくる者もいる。

リンズが「きゃあっ」と悲鳴をあげた。見れば、一人の子供がリンズのスカートを興味深そうにめくっていて――って何やってんだ⁉

「こら、席に戻れ！　私たちは見世物じゃないんだからな！」

「わははははは！　見たまえ、二人の無様な姿を！　彼女らは戦争で負けたがゆえにこのような辱めを受けているのだ！　諸君、この二人のようになりたくなかったら強くなりたまえ！」

「お前は何を吹き込んでるんだよ⁉」

子供たちは素直に「はーい！」と返事をして自分の席に戻っていった。

先生の言うことはちゃんと聞くらしい。私の言うことも聞いてほしい。

プロへリヤはピアノの前に腰かけると、子供たちのほうを振り返り、

「まずは景気づけに『嗚呼《ああ》我が祖国よ』からだ。楽譜の準備はいいかね」

「「「はい、プロへリヤ先生」」」

「よし！　テラコマリ先生とリンズ先生がリードしてくださるから元気よく歌いたまえ！」

「ちょっと待て、その歌知らないんだけど……⁉」

「楽譜ならそこにある。貴族令嬢なら理解できるだろう」

「貴族令嬢がみんな楽譜を読めると思うなよっ！」

「だ、大丈夫！　私がちゃんとリードするから……！」

こうして音楽の授業が始まってしまったのである。

いったい私は何をしているのだろうか。

☆

私の歌は散々なものだったらしい。

プロヘリヤの伴奏が止まるやいなや、子供たちは私を指差して「へたくそー！」と心無い罵倒を浴びせやがった。私が憤死しそうになったのは言うまでもない。言い返すのも大人気ないので静観を貫いていたのだが、やつらが「テラコマリのマネ」とか言って南国に住むカラフルな鳥みたいな奇声を発し始めたのを見た瞬間、ついに堪忍袋《かんにんぶくろ》の緒が切れてしまった。

「こらーっ！　やっていいことと悪いことがあるだろ⁉　事実陳列罪で訴えるぞ！」

子供たちはきゃーきゃー言って喜んでいた。

叱られているのに面白がるなんてどうかしてやがる。

「こ、コマリさん！　落ち着いて！」

「ケンカはやめたまえ。争いは非生産的だよ」

「だって！　私の歌が下手だって！」

「最初は誰でも下手なものだ。私が後で教えてやるから怒りの矛を収めたまえ」

「え？　プロヘリヤが教えてくれるの？」

「ああ。私の手にかかれば一カ月で見違えるように上達するぞ」

「おお……！」

実は歌手になりたいって思ってたこともあるんだよね。

プロヘリヤに教えてもらえれば笑われることもなくなるはずだ——そんなふうに希望を抱いていると、子供たちが「すげえ」「さすが先生」「一瞬でテラコマリを調伏したぞ」などとわけの分からんことをほざいていた。とりあえずプロヘリヤが尊敬されていることは分かった。

「さあ、もう一曲行こうじゃないか！」

そんな感じでレッスンは続いていく。

歌はもちろん、ピアノの練習からよく分からん音楽理論（座学）までてんこ盛りの内容だった。これを毎週やっているのだとしたらプロヘリヤは超人である。私なんて将軍の仕事だけで手いっぱいだというのに。

そんな感じですべての授業を終える頃にはお昼を過ぎていた。

子供たちは「ありがとうございました！」「ばいばーい！」「じゃあねテラコマリー」と手を振りながら帰っていった。

その姿を見送りながら、私はどっと疲れが湧《わ》いてくるのを感じた。

やっぱり子供の相手をするのって大変だよな。何故か舐められることが多いし。

「ご苦労。二人のおかげで子供たちも楽しそうだったよ」

「そうか……まあ私も楽しかったからよかったけど」

「さて、次の現場だが」

「へ？　次？」

「ああ次だ。子供たちの通学ルートの雪かきをするボランティアの予定があってな。もちろんメイドのお前たちにも手伝ってもらうぞ」

思わず「ええ……」という声が出そうになった。

てっきり帰って休めるかと思ったのに……こいつの体力は無尽蔵なのか？

だいたい何で将軍がボランティアなんかやってるんだ？

「文句を言いたげな顔だな？　しかし人生は有限なのだよ。時間を浪費することがないように精一杯生きなければならんのだ」

「それはそうかもしれないけどさあ……！」

「やってみれば案外楽しいものさ。もうすぐ始まる時間だから、さっそく現場に――」

「あ、あのっ。プロヘリヤ先生」

その時、教室の扉がガラリと開いて男の子が姿を現した。

さっき束《たば》になって私を馬鹿にしていた生徒の一人である。

彼はもじもじしながらプロヘリヤの前までやって来て、

「歌、上手《うま》く歌えませんでした……」

「ん？」

「テラコマリのこと言えません。明後日《あさって》合唱の発表会があるのに、僕だけ全然上手くなくて、だから……」

彼は私の存在に気づくと、「ごめんなさい」と頭を下げた。

つまりこの子はこっそり先生に相談しに来たということか。みんながいる前だと話しづらいもんな。でもプロヘリヤはどうするのだろうか――私は少しだけ好奇心を刺激されて彼女を見つめた。快活な笑みが返ってきた。

「分かった！　特別に指導してやろうじゃないか。級友たちをアッと驚かせるほど上手くなってしまいたまえ」

男の子がぱあっと笑顔になった。

リンズが尋ねる。

「あの、いいんですか？　この後は予定があるんじゃ……」

「予定？　何の話だ？　この後は暇すぎて退屈していたところだぞ」

そこでプロヘリヤは私たちだけに聞こえるように声を潜《ひそ》め、

「雪かきは遅れても大丈夫だ。それよりも今はこの子を救済することのほうが重要だとは思わないかね」

こいつはとんでもない人物なのかもしれなかった。

リンズは「そうですねっ」と慌てて頷いた。

プロへリヤは男の子に向き直ると、大仰《おおぎょう》に楽譜を差し出して言うのだった。

「さあ、準備はいいかね？　みっちり個別レッスンをしてやろう！」


それから一時間ほどレッスンが続いた。

男の子の歌は、素人の私でも分かるほどメキメキと上達していった。

さすがはプロへリヤというべきか、生徒が苦手な部分を即座に把握して修正を加えていくのである。〝ズタズタ音楽教室〟が人気を誇っているのも納得の指導力だった。

「ありがとう先生！　先生のおかげでコツがつかめました」

「きみの努力の賜物《たまもの》だな。発表会、上手くいくといいね」

「はい！　これ、お礼にどうぞ……」

男の子は紙袋を差し出して去っていった。その姿が見えなくなったのを確認すると、プロへリヤはごそごそと漁《あさ》って中身を取り出してみる。

「……プリンか。なかなか分かっているじゃないか」

「プロへリヤってプリンが好きなんだっけ？」

「冴《さ》えた思考を発揮するには甘味が必要不可欠なのさ。……とにかく、これであの子は問題なく実力を発揮できるだろう。私の役目は終わりだな」

下手をすると気障に思えるセリフだが、そんな雰囲気は少しも感じられなかった。

それはたぶん、プロへリヤが真に子供たちのためを思って行動しているからだ。

感心していると、プロへリヤは「さて」と紙袋を魔法で収納しながら立ち上がった。

「遅れてしまったが、次に向かおう」

「え」

「忘れたのか？　雪かきだよ」

☆

付き合ってみて分かったが、やっぱりプロへリヤはとんでもない人物だった。

すでにピアノの先生で格の違いを見せつけられていたのに、雪かきである。

プロへリヤは「寒い寒い」と震えながら、他のおじさんおばさんに交じって除雪作業を行っていた。私とリンズも付き添いとして手伝ったのだが、これがとんでもない重労働だ。まず雪が重い。そして寒い。特に私は魔法も使えないので役立たずもいいところだった。

「花葬魔法・【百花繚乱《ひゃっかりょうらん》】」

リンズが魔法で雪を吹っ飛ばしていた。私もあれをやりたい。でもできないので筋肉を酷使するしかない。

「ど　どどどど　どうだねテラコマリ。ボランティアをしてみたご感想は……」

プロヘリヤが青くなりながら話しかけてきた。

防寒着でシルエットが巨大化しているが、それでも寒さには勝てないらしい。

「……おいプロヘリヤ、大丈夫か？　暖かいところで休んでいたら？」

「休んでいられるか！　遅れを取り戻すためには働くしかないのだよっ！」

「でも体調を崩したら大変だぞ」

「強者は風邪《かぜ》をひかんのだ。テラコマリこそ手が止まっているぞ、私のメイドならしっかり作業に取り組みたまえ」

プロヘリヤはそう言って除雪に取りかかる。

おじさんおばさんたちは「そろそろ休んだらどう？」と心配していたが、プロヘリヤは「全然問題ありませんな！」などと強がっていた。

やがて一通りの作業を終える頃には、すっかり日が暮れてしまっていた。

他のボランティアの人たちは「ズタズタ閣下ありがとうー！」と口々に感謝の言葉を述べ、お菓子やお餅といった食べ物をお裾《すそ》分《わ》けしてくれた。

「そうだ、ズタズタ閣下、こないだはウチの子に魔法を教えてくれてありがとねえ。おかげで学校でも一番が取れたって喜んでいたわ」

「ご息女は才能がありますな。これからも精進するようにとお伝えください」

「プロへリヤ様！　これからもエンタメ戦争頑張ってくださいね。うちの爺《じい》さん、あんたの活躍を見ることだけが生き甲斐なんだよ」

「無論《むろん》、粉骨砕身努力いたしますぞ。お爺様にはよろしく言っておいてください」

「ほらズタズタ閣下、雪かきを手伝ってくれたお礼だ、今度うちの店に来てくれよ。ご馳走《ちそう》してやらあ」

「それは楽しみですな！　ぜひ温かい料理をいただきたいところです」

「ズタズタ閣下！」「ズタズタ閣下ぁ」「プロへリヤ様ー！」――プロへリヤの周りは人々の賑《にぎ》やかな声であふれていた。

人気すぎるだろ。子供のみならずあらゆる世代から好かれているなんて。

リンズが「すごいね」と私の耳元でつぶやいた。

「プロへリヤさん、みんなのアイドルみたい」

「本当にみんなのために働いてるんだな……戦争で私を殺そうとしたのが嘘みたいだ」

「コマリさんもムルナイトだとあんな感じじゃない？」

「全然違うぞ。街で私に近づいてくるのは二種類しかいない。おちょくってくるやつか命を狙ってくるやつかのどちらかだ」

あとたまに変態もいる。いずれにせよプロヘリヤとは状況がまるで違うな。

そんな感じでリンズと話しながら軒先で待っていると、やがてプロヘリヤが「寒い寒い」と言いながら近づいてきた。

「待たせてしまってすまないな。ボランティアの皆様方はお帰りになったところだよ」

「それはいいけど、寒いのは大丈夫なのか？」

「大丈夫なわけあるか！　芯《しん》まで凍えそうだぞ！」

人々の前では弱音《よわね》を吐かないというポリシーでもあるのだろうか。

とにかく迅速《じんそく》に帰宅して温まったほうがいい。

そろそろ急激に気温が低下してくる頃合《ころあ》いだし。

ところがプロヘリヤは、信じられないことを言い出すのだ。

「さて、次の予定だが」

「は⁉」

「鳩《はと》が豆鉄砲を食ったような顔をするな。まだ一日は終わってないだろうが」

「終わってないけど日が暮れたぞ⁉　まだ何か仕事をするつもりなのか⁉」

「〝荒野に緑を増やす会〟の会議があるのだ。この異常気象で統括府周辺の生態系が崩れる恐れがあるから、その対抗策を練らねばならん」

私とリンズは呆気《あっけ》に取られてしまった。

働き者どころじゃねえぞ。もはやワーカーホリックだ。

結局、私とリンズはプロヘリヤに引っ張られて〝荒野に緑を増やす会〟の会合に出席する羽目となった。そこでもプロヘリヤは積極的に議論を戦わせ、なんかよく分からないけど木々を保護する方針で一致したらしい。

その帰り道、私はプロヘリヤについて考えてみた。

人間にはそれぞれエネルギーの多寡があると思う。一日に一回しか行動できない私みたいな出不精もいれば、プロヘリヤみたいに何回も行動できるヒーローもいるのだ。

だが――それにしたって働きすぎに思えるのは気のせいだろうか。

私の今日のメイド業務はこれで終わりなのだが、プロヘリヤはこの後も部下たちと白銀革命の打ち合わせを行うらしいのだ。

いったいプロヘリヤとは何なのか？

どうしてあそこまで頑張ることができるのか？

リンズと一緒にベッドに潜《もぐ》り込みながら、私は悶々《もんもん》とした気分を味わうのだった。今夜は眠れそうになかった。しかしリンズに抱き着いているうちに眠気がどんどん押し寄せてきた。

その三分後に結局寝た。

☆

「あ、おはようコマリさん。昨日はよく眠れた？」

翌朝。ホットココアのいいにおいで目が覚めた。

私の視界に飛び込んできたのは、とんでもない美少女のメイドだった。

一瞬天国に召されてしまったのかと思ったが、そうではない。

リンズがメイドの恰好をして起こしてくれたのである。

「ふわーあ……おはようリンズ。……何でそんなコスプレしてるんだ……？」

「こ、コスプレじゃないよっ！　プロヘリヤさんのメイドにされちゃったでしょ？」

「ああ、そうか……そういえばそうだったな……」

一気に現実に引き戻された。

ここは白極連邦統括府・党本部の一室なのである。

ピトリナが「メイドどもはここで寝泊まりしてください！」とか言って案内してくれたのだ。

さっさとムルナイトに帰りたいのだが、勝手に逃げたら魔法の力で爆発するらしいので帰れない。ちなみにリンズと同室である。

「ホットココア作ったの。飲む？」

「飲むー。ありがと」

私はリンズからマグカップを受け取って口をつけた。

あま～い。あったか～い。やっぱりメイドさんに淹れてもらうココアは最高だな。普段からこんなメイドさんがいたらいいのに。

「……今日も雪が降ってるな。せっかく雪かきしたのに」

「プロヘリヤさんは定期的にやらないとダメだって言ってたね」

「うわ、見てよリンズ！　まーたいっぱい積もってる！　夜もずっと降ってたんだな……寝てる時、寒くなかったか？」

「う、うんっ！　コマリさんが近くにいてくれたから大丈夫だよ。ちょっとだけ寝不足気味だけど……」

「もしかして寝言が五月蝿《うるさ》かったか……⁉　何か変なこと言ってない⁉」

「そうじゃないの！　ちょっと緊張したっていうか何ていうか」

リンズは赤くなって俯《うつむ》いてしまった。

リンズを抱き枕《まくら》にしたのが悪かったのだろうか？

ちょっと寒かったので密着させてもらったが、窮屈《きゅうくつ》だったかもしれないな。

明日からは迷惑かけないようにしないと。

「そ、それよりも今日は第二タームだね！　ネリアさんとカルラさん、大丈夫かな」

「メイドの私たちには祈ることしかできないな。特にカルラのことは心配だけど……」

あいつらが勝利すれば私たちは解放される。

だが、そう簡単に上手くいくとも思えない――リンズのメイド姿を凝視しながら考え込んでいた時、ふと、テーブルの上の通信用鉱石が光を発したことに気づく。

あれは妹とつながっているものだ。

そういえばあいつ、ドヴァーニャのところに泊まるとか言ってたよな？
二、三日姿を見てないが、大丈夫なのだろうか。
そんなことを考えながら鉱石に手をかざした瞬間――

『――あ、コマ姉⁉　もう、昨日の夜からかけてるのに何で出ないの⁉　コマ姉は私から連絡があったらコンマ一秒以内に応じるっていう鉄の掟《おきて》があったでしょ⁉』

耳にきんきん響くような声。

このやかましさは間違いなく妹のロロッコだ。

「そんな掟は聞いたことねえよ。……で、いったい何の用なんだ？」

『ドヴァーニャが話したいことがあるって言ってるのよ！　何があったのって聞いても全然答えてくれなかったんだけど、コマ姉がズタズタにボロ負けしたのを見てから気が変わったみたい！　ありがとうコマ姉、ボロ負けしてくれて！』

「よく分からないけど、ドヴァーニャはそこにいるのか？」

『いるわ！　だから十秒以内にこっちに来ること！　来ないとコマ姉のおやつに辛子《からし》を混ぜる

からね！』

「やめろ！　だいたいお前はどこにいるんだよ⁉」

『三階の〝2〟って書かれてる部屋よ！　じゃあね！』

「おいちょっと待て――」

ロロは容赦《ようしゃ》なく通話を切りやがった。

私はリンズと顔を見合わせると、思わず首を傾《かし》げるのだった。

「ど、どうしよう？　すぐ行ったほうがいいよね？」

「そうだな。辛子は辛《つら》いからな」

十秒で急行するのは不可能だが、なるべく早く到着したほうが身のためである。

私は光の速さでメイド服に着替えると、リンズを伴ってロロがいるところに向かった。

それにしてもドヴァーニャは何用なのだろうか。

あの子はプロヘリヤの親戚――ではないらしいが、プロヘリヤに近しい人物であることは確かだ。白極連邦のことについて色々聞き出せるかもしれないが……。

党本部の廊下をしばらく歩くと、本当に『2』と書かれている扉を発見した。

ノックしてから開いてみると、「遅いよコマ姉！」という怒号が飛んでくる。

「待ちくたびれて死ぬかと思ったわ！　これはもう罰ゲーム決定ね――って何その恰好⁉

メイドさん⁉　あれ、リンズも一緒にメイドになっちゃったの⁉」

「悪かったなメイドで……」

ロロは「きゃはははは！」と腹を抱えて大笑いしていた。

ツボのよく分からんやつである。

リンズが「こんにちはロロ」と前に出て、

「元気だった？　ううん、聞かなくても元気そうだね……？」

「私は元気よ、元気がないのはこっちのドヴァーニャ！　ほらドヴァーニャ、言われた通り呼んだわよ？　これからコマ姉が爆笑必至の一発芸をしてくれるから、元気出しなよ」

「ハードル上げんな!!――って、元気がないってどういうことだ？」

私はロロの隣にちょこんと立っている少女、ドヴァーニャ・ズタズタスキーを見つめた。

縹色《はなだいろ》のポニーテール、白極連邦らしい暖かそうな服。

カチコチに凍った氷のような無表情は、前に会った時からそれほど変化がないように見られるが――一点だけ違ったのは、目元に泣き腫《は》らしたような痕《あと》があることだった。

ドヴァーニャは静かに頭を下げて言った。

「テラコマリさん。リンズさん。お話ししたいことがあります」

「う、うむ。何でも話してみてくれたまえ」

「本当は話すべきではないのです。白極連邦にとっての最大利益《りえき》を考えるならば、私はこのまま代用品として静かにしているべきなのでしょう。しかしそれではあまりにも……」

「うむ……⁇」

「まどろっこしい！　ドヴァーニャ、前置きはいいからさっさと本題に入りなさいよ」

ドヴァーニャは「ごめんなさい」とつぶやいてから言った。

それは、これまでのお気楽ムードをぶち壊す爆弾発言だった。

「どうかプロヘリヤさんを助けてください。あの方は今年の九月十二日、十九歳の誕生日に、寿命が尽きてしまう目算なのです」

「あンの……クソフクロウがあああああああああ!!」

「きゃあああああああああああああああああ!?」

極寒の統括府——その片隅にて。

新聞記者メルカは、ティオの髪の毛を両手でぐしゃぐしゃにしながら絶叫した。

結局、メルカとティオの突撃取材は失敗に終わっていた。

窓を突き破って党本部に侵入したはいいものの、警備員に取り押さえられて放り出されてしまったのだ。

それ以降、メルカは何らスクープらしいスクープを手に入れられていない。

しかも同僚の〝クソフクロウ〟に紙面を独占されるという体たらく。

よく分からないが、あのフクロウ——アル・メイヨウは、白極連邦《はっきょくれんぽう》に潜入して取材を行っているらしいのだ。

「……メルカさん、別にいいじゃないですか。こっちの取材はメイヨウさんに任せて、私たちはムルナイトに帰りましょうよ。寒いですし」

「弱気になってる場合じゃないでしょーが！　いーい？　今、六国新聞《りっこく》は最大の危機を迎えているの！　クソフクロウが権力に迎合した記事を書いているせいで、うちの信用がどんどん落ちているのよ！」

「ケンリョクにゲイゴウ？　何言ってるんですか？」

「やつの担当した記事が明らかに偏向報道だっていうことよ！」

それはウチも同じなんじゃ――と思ったがティオは口を噤《つぐ》んだ。

「どう見たって白極連邦に都合のいいことしか書かれていないの。まるで白銀《はくぎん》革命が絶対的に正しいことのように綴《つづ》られている。たとえば昨日のテラコマリの敗戦！」

「そういえば負けちゃいましたね、テラコマリ」

「そうよ！　それだけで大スクープよ！　是非《ぜひ》ともうちで取材をしたいところだったのに、あのクソフクロウが不当にテラコマリを貶《おとし》めるような内容で書きやがったの！　ほら見てこれ、『やはり吸血鬼では蒼玉《そうぎょく》には敵《かな》わない模様』だとか『六戦姫《ろくせんき》最強はテラコマリではなくプロヘリヤ・ズタズタスキーに決定』だとか書かれてるのよ⁉　おかしいと思わない⁉」

「まあ、あの吸血鬼がボロ負けは変ですよねえ」

「負けたのがおかしいとは思わないよ！　そりゃあテラコマリは最強だけど、調子の悪い時くらいあるでしょうしね！　人間だもの！」

「じゃあ何が気に食わないんですか」

「テラコマリを貶める内容を書いたことが気に食わないって言ってるでしょうが！」

言われてみればそうである。

「メルカさん、テラコマリのことを悪く書かれるのがそんなにイヤなんですか？」

「当たり前でしょ。私は公的にも私的にもテラコマリ推《お》しなのよ」

「あ、焼き芋の屋台。買ってきていいですか？」

「んなことしてる場合か！　五秒以内に買ってこい！」

「はい」

「とにかく私たちはクソフクロウの暴挙を止めなくちゃいけないわ、特定勢力に肩入れするなんて六国新聞記者の風上にも置けないんだから——」

「ほう。随分とひどいことを言ってくれるねえ」

メルカを無視して焼き芋を買いに行こうとした時、話しかけてくる者があった。

吹雪《ふぶき》の向こうから現れたのは、フクロウっぽい髪型の少女——アル・メイヨウである。

メルカの顔色が変わった。

「メイヨウ……！　あんた、どうしてここにいるのよ⁉」

「そりゃ取材だよ。私だって新聞記者だからね」

「あんたを新聞記者と認めた覚えはないわ！　適当なことばかり書きやがって！」

「ほうほう？　あの記事のどこが適当なんだい？　きちんと白極連邦政府の検閲を経て発行さ

せてもらったというのに――ねえシェレーピナ少佐？」

「その通りですっ」

　においがしなかった。気配もしなかった。突如としてメイヨウの隣に浮かび上がるように現れたのは、軍服に身を包んだ蒼玉の女の子である。

「あなたは――ズタズタスキー隊のピトリナ・シェレーピナ少佐⁉」

「いかにも私がピトリナ・シェレーピナですっ！　あなた方はアル・メイヨウ氏と対立している新聞記者様で間違いありませんねっ？」

「いやはや、対立していると言いますか……」

「取材はお断りです！　白極連邦政府が発信する情報は、六国新聞のメイヨウ氏にお任せしてありますゆえ！」

「は……？」

「分からないのですか？　そういう契約ですよっ。政府の認可がない記者にうろちょろされると困るのですっ！　あなた方は即刻統括府から立ち去ってくださいっ」

　メイヨウは「そういうことだ」といやらしく笑った。

「白極連邦政府は六国新聞の影響力を評価してくださったみたいでね、私に情報を流してくれるんだ。となれば、こちらもご意向に沿った記事を書かなくちゃだよねえ。謝礼もいただいているいることだし」

「その謝礼が大きいのですけどねっ」

あ。これはメルカさん怒るやつだ——そう思った時には遅かった。

メルカはぐいっとメイヨウの胸倉をつかみ、

「ふざけんじゃないわよ！　あんたにプライドはないわけ〜っ⁉」

「プライドでご飯が食べられるか？」

「プライドを捨てれば心が餓死するわ！　政府の言いなりになって書いた記事に価値があるわけないでしょ⁉」

「私は謝礼をもらえれば情報の価値なんてどうでもいい。とにかく、お前は私との競争に負けたのさ。早いところ家に帰ってぐーすか寝ているといいよ」

「こんの白極の犬が〜っ！　見てなさい、すぐにそのけったいな野望を打ち砕いてやるんだから！　世界の覇権を握るのはテラコマリ率いるムルナイト帝国よ！」

「ほうほう。メルカ、蒼玉のくせに吸血鬼の肩を持つんだねえ」

「種族は関係ないでしょうが！」

メイヨウは「その通りだ」と笑った。

ピトリナが溜息《ためいき》を吐《つ》く。

「そろそろお引き取り願えませんかね？　やかましいので」

「だそうだよ。まあ、どうしても取材をしたいっていうのなら——そうだね、統括府には誰《だれ》も入れない秘密のエリア、〝要塞〟があるって話を聞いたよ？　幽霊とか妖怪《ようかい》が出るらしいから、その調査でもしてれば？」

「うちはオカルト雑誌じゃないでしょうに～っ!!　もういいわ、私たちは私たちで好きにやらせてもらうから！　行くわよティオ」

「でも焼き芋が……」

「焼き芋なんて後でいいわよ!!」

そこでふとメイヨウが「ティオちゃん」と声をかけてきた。

「よかったら私のもとにくる？　メルカのパワハラにはウンザリしてるんでしょ？」

「え」

メルカがギロリと振り返り、

「こんのクソフクロウ！　私から部下を取り上げるつもり!?　ほら、あんたも何か言ってやりなさい！」

「待遇によっては吝《やぶさ》かではありません」

「馬鹿《ばか》ティオ～っ！」

首を絞められて「ぐえ～！」と声が出た。

これだから辞めたいのである。

「ティオちゃんは私と同じにおいがするからね。やっぱり長い物には巻かれるのが楽な生き方なんだよ。もし気が変わったら声をかけてよ。すぐに異動させてあげるから」

「異動なんて許さないからねっ！　ティオは私の部下なんだから！」

メルカはティオの首根っこをつかんで歩き出した。

後でメイヨウに話を聞きに行こう。心の中でそう決めた。

「ティオ、裏切ったら火炙《ひあぶ》りにするからね」

「はい」

やっぱりやめておこう。心の中でそう決め直した。

その時、吹雪に乗ってつぶやきが聞こえた気がした。

それは、どこか憐《あわ》れみのこもった声。

「――私だって適当な記事ばかりを書いているわけじゃない。道半ばで倒れるであろう英雄の事跡を特集しておくのは、文化的にも価値のあることだと思わないかい？　メルカよ」

☆

「プロヘリヤさんはすでに亡くなっているのです」

ドヴァーニャはそう口火を切った。

あまりにも予想外の告白だったため、私もロロもリンズも呆気《あっけ》に取られるしかない。

ドヴァーニャは「嘘《うそ》ではありません」と慌《あわ》てたように言葉を続ける。

「亡くなっていると言うと語弊がありますが。正確に表現するなら、〝亡くなっているはずだった〟でしょうか」

「どういうことだ？　魔核《まかく》で死んで蘇ったってことか？」

「いいえ。プロヘリヤさんはムルナイト帝国で命を落としました。突然の災害に巻き込まれ、所持していた【転移】の魔法石はすべて友人に使ってしまい、吹雪の中で息絶える寸前に陥《おちい》っていたのです」

「それっていつくらいの話だ？」

「だいたい十年前。プロヘリヤさんが九歳の時のことです」

そんな話は初めて聞いた。プロヘリヤに聞いても絶対に教えてくれないんだろうな、という予感がする。

「どういうことよ？　ズタズタは生きてるじゃない」

「お医者様に診てもらったとか……？　それとも何かの魔法かな？」

「魔法ではなく烈核解放《れっかくかいほう》です。プロヘリヤさんには一人の姉がいました。名前はマリヤ・ズタズタスキー、その災害の時にもプロヘリヤさんと一緒にいました。そしてプロヘリヤさんが死の淵《ふち》に臨んだ際、マリヤは自らの寿命を分け与えることでプロヘリヤさんを延命したのです」

「寿命を……？」

「そんなことが可能なの……？」

「烈核解放。名前は【飛燕《ひえん》の宝玉《ほうぎょく》】といいます。そういう能力なのです。自分の命を差し出すことによって対象をあらゆる障害、病苦から救う烈核解放。マリヤはプロへリヤさんの代わりに命を落としました」

烈核解放は心の力だと言われる。プロへリヤのお姉さん、マリヤさんは、自分の身を犠牲にすることも厭《いと》わない立派な人だったのだ。

「しかし【飛燕の宝玉】は絶対ではありません。たとえ災害の傷を癒《いや》して生き長らえることができたとしても。それは仮初《かりそめ》の命。寿命が設定されるのです」

「それって、どれくらい……？」

「マリヤは十年前の時点で三十年の寿命を持っていました。だからプロへリヤさんが生きられるのも三十年くらいだったそうです」

「三十年って。悠久の時ねえ」

「そんなことないよロロ。三十年はあっという間に過ぎてしまうから……あれ？」

そこでリンズが何かに気づき、

「でもプロへリヤさんは二カ月後の誕生日に命を落としてしまうっていう話じゃ」

「それはプロへリヤさんが自ら寿命を縮めているからです。あの方は自分の時間が限られていることを悟ると、どんなことにも一生懸命になりました。勉学や運動に全力を尽くしたり。友達と昼夜を問わずに遊んだり」

「そういえば、プロヘリヤって色々なことやってるよな……」

「はい。六凍梁《ろくとうりょう》大将軍、ピアノの先生、ボランティアのリーダー、飲食店のバイト、その他《ほか》のあらゆる慈善事業――皆様の目には生き急いでいるように映ったかもしれませんが、真実、あの方は生き急いでいるのです」

そうだ。私は身をもって実感しているのだ。

プロヘリヤは、他人のために身を粉にして頑張っている。

「プロヘリヤさんは。正義に則《のっと》った行動をしているのです」

「正義……?」

「ヒーローとでもいうべきでしょうか。マリヤがそうしたみたいに、自らを犠牲にして他者を助けようとしています。テラコマリさんも何度かあの方に助けられたことがあるかもしれません。恩を売ろうなんて考えていないのです。それがプロヘリヤさんの正義だからです」

ドヴァーニャの言う通りだった。

プロヘリヤには何度か救われた覚えがある。

吸血動乱、華燭《かしょく》戦争、常世《とこよ》での戦い――あいつのおかげで死なずに済んでいるといっても過言《かごん》ではない。その過剰な他者奉仕がプロヘリヤの寿命を縮めたということなのだろうか。

私は衝撃のあまり声も出なかった。

プロヘリヤがあと二カ月で死んじゃう。

そんなことが本当に有り得るのだろうか——？

「あの方は精一杯生きることに心血を注《そそ》いでいます。自分を救ってくれたマリヤに報《むく》いるためにはそれしかないのです。だから寿命が削れてしまったのです。三十年あったはずの時間は、今ではたったの十年に——そしてその十年も経過しようとしているのです」

「頑張りすぎはよくないってこと？」

「ロロ。それは正しいです」

ドヴァーニャは機械のように淡々と言った。

しかしその顔には苦渋の色が見え隠れしている。

表に出にくいだけだ。ドヴァーニャの心は大きく揺さぶられている。

「そっか。それなのにプロヘリヤさんは白銀革命をやっているんだね……ううん、残された時間が少ないからこそ頑張ってるってこと……？」

「プロヘリヤさんは寿命が尽きる前に白極連邦の覇権を確立させようと目論《もくろ》んでいます。やり方が多少強引《ごういん》に見えるのはそのせいです。そして白銀革命を成功させた後は。私にすべてを託そうと考えているのです」

「ドヴァーニャに？」

「私が。次期書記長ですから。〝2《ドヴァー》〟ですから」

「2って、どういう意味だ……?」

「2。それは2号を表します。1号たるプロヘリヤさんの代用品……」

ドヴァーニャは私をじっと見つめた。

思わずたじろいでしまった。

「テラコマリさん。私にプロヘリヤさんのかわりは務まりません。どんなに勉強しても。鍛錬を積んでも。あの方がいる領域には、手が届かないのです」

「そ、そんなことは……」

「ですが。そんなプロヘリヤさんでも白銀革命は無謀なのです。力で他国を従えても意味はありません。このままではプロヘリヤさんの大切な時間が浪費されてしまいます。どうかプロヘリヤさんを助けてください。お願いします。テラコマリさん」

ドヴァーニャはぺこりと頭を下げるのだった。

次々と予想外の話をされて頭が混乱していた。

まずプロヘリヤがもうすぐ死ぬというのが理解できない。

だってあいつはいつでも自信満々に強者の風格をただよわせていたじゃないか。あれは全部強がりだったとでもいうのだろうか。

ドヴァーニャは、「プロヘリヤさんを死なせないでください」とは言わなかった。

死を避けられぬものと捉《とら》え、そのうえでプロヘリヤを助けてほしいと願っている。

ということは――本当にプロヘリヤは崖っぷちに立たされているのかも。

いや、そんな馬鹿な話があるか。

何か手があるはずだ。

リンズの時だって助かったんだ。

プロヘリヤの寿命を延ばすために必要なこと。

たとえばカルラに時間を巻き戻してもらうとか。

「あ」

そこで私は気づいてしまった。

書記長は何故《なぜ》か天照楽土《てんしょうらくど》に攻め込む計画を立てていた。

それは世界征服のための第一歩かと思われていたが、狙《ねら》いは領土じゃなくてカルラだったんじゃないか？

もっと遡ってみれば、白極連邦は天舞祭《てんぶさい》でカリン陣営を応援していた。

それもカルラを狙うための布石だったのではないだろうか――

だが、カルラに力を使わせることはできないのだ。

アマツが言っていた。

あの烈核解放は、多用すればカルラ自身が危ないのだと。

リンズが「コマリさん」と私の肩に手を添えた。

「どうする？　プロヘリヤさんと話してみる？」

「そ、そうだな！　まずはプロヘリヤに聞いてみなくちゃ始まらない！　ドヴァーニャ、お前の気持ちはよく分かった！　私が何とかするから安心して待っていてくれ！」

「ありがとう。ございます。テラコマリさん……」

「コマ姉、本当に大丈夫なの？　魔法とかで何とかなる問題じゃないと思うけど」

「分かってるよっ！　これから色々と考えるから――」

その時、頭上から『かーんかーん』という甲高《かんだか》いベルの音が聞こえてきた。

敵襲かと思ってその場に伏せてしまったが、ドヴァーニャが「時報です」と教えてくれた。

立ち上がろうとした時、廊下のほうから大声で話しかけられる。

「テラコマリ！　リンズ！　こんなところにいたのか！」

「プロヘリヤ……!?　どうしてここに!?」

モコモコの褞袍《どてら》に身を包んだプロヘリヤがずかずか入ってきた。

さっと目を伏せるドヴァーニャ。

ロロが何故かドヴァーニャを庇《かば》うようにして前に出た。

プロヘリヤはそんな彼女たちには目もくれず、

「どうしたもこうしたもあるか！　もうすぐ第二タームが始まるのだ、諸君もズタズタスキー隊の一員として準備をしたまえ」

「ええ⁉　私とリンズが⁉　何で⁉」

「ルールを思い出すといい。敗軍の将は後のタームにて有効活用することができるのだ。つまりテラコマリとリンズは正真正銘下僕、戦争の道具として利用してやろうではないか！」

「もっと平和的に利用してくれ！　お茶くみ要員でいいから！」

私とリンズはプロヘリヤに腕を引かれてドヴァーニャの部屋を後にした。

エンタメ戦争どころではない。

プロヘリヤは寿命の問題を解決するために時間を使うべきなのだ。しかし今の私は、横溢《おういつ》するプロヘリヤのエネルギーに圧倒されて何も言うことができなかった。

☆

ネリアはじーっと観察する。

フィールドは雪原。第一タームと似たような場所である。

ゆえに今回も気をつけなければならないのだ。琥珀《こはく》王子アレクサンドル・アルケミーが卑劣《ひれつ》な罠《わな》を仕掛けているかもしれないから。

「許せません……絶対に絶対に絶対に……コマリ様を取り返してみせます……」

「そ、そうですね！　ヴィルヘイズさん、一緒に頑張りましょう！」

「……アマツ殿、やる気が感じられませんね？　宇宙を破壊する大将軍としての力を発揮してもらわなければ困るのですが？」

「そんなこと言われましても困るといいますか……ヴィルヘイズさんもご存知《ぞんじ》でしょうけれど、私には戦闘能力なんてこれっぽっちも」

「気合が足りません。これを飲んでください」

「何ですかこれ」

「『死ぬまで働ける薬』です。テンションも上がると思いますよ」

「嫌です！　絶対に危ない薬ですよねそれ――って近づけないでください⁉　こはる、助けてこはる～っ！」

「グッジョブだよ。カルラ様には死ぬまで働くくらいの気概が必要だと前から思ってた」

「死んだらどうするんですか⁉」

南軍の本陣。

雪の上にずらりと勢揃《せいぞろ》いしているのは、天照楽土軍、アルカ共和国軍である。

それぞれアマツ・カルラ、ネリア・カニンガムが率いる精鋭部隊だ。

第二タームはこれら二つの部隊と北軍がぶつかることになっているのだが――

「――で、ヴィルヘイズは何でいるの？　あんたって吸血鬼じゃなかったっけ？」

ネリアは不審そうに尋ねる。

　ヴィルヘイズはしれっと答えた。

「アマツ殿に頼んで一時的に天照楽土軍に入れてもらいました。隊員の一人が忌引《きびき》でお休みしているそうなので、その代打ということですね」

「テラコマリ先生を助けたいんだって」

「なるほどね。まあ気持ちは分かるわ」

　ネリアははるか北、白極連邦軍が布陣しているであろう方角を睨《にら》んだ。

　第一タームで南軍は敗れ、コマリとリンズはズタズタの人質となってしまったのだ。

　コマリをメイドにするのは自分の役目なのに。

　コマリ用の特注メイド服を何着も用意しているのに。

　まさかズタズタに先を越されるなんて――ネリアはギリリと歯嚙《はが》みした。

「許せない……！　ズタズタに着せられたメイド服なんかズタズタにしてやるんだから！」

「ネリア様、そんなことより作戦を考えたほうがいいかと思います」

「大丈夫よ、取り返した時点でメイドは確定だから。きっとコマリは私に感謝して『お姉ちゃん』って呼んでくれるようになるわ」

「何の話をしてるんですか⁉　テラコマリをメイドにする作戦じゃなくて、白極連邦軍と戦うための作戦を考えてくださいっ！」

「冗談よ。作戦ならもう考えてあるわ――ねえヴィルヘイズ？」

「はい。すでに手は打ってありますので」

「本当に大丈夫なんですか……？」

ガートルードがちらりと背後に視線を向けた。

薬を飲まされたカルラが奇声を発して不思議な踊りを踊っているのが見えた。

あんなものを目の当《ま》たり《あ》にしたら心配にもなるが、たとえヴィルヘイズや天照楽土の助けがなかったとしても問題はなかった。

何故なら〝月桃姫《げっとうき》〟は一度もエンタメ戦争で負けたことがない。

コマリの仇《かたき》を討ち、コマリを取り戻す。

いつも通りにやっていれば、結果はついてくるのだ。

「ネリア様。私は将軍なので参加できませんが、精一杯応援しています。どうかご武運を」

「心配しなくてもズタズタは責任をもってメイドにしてやるわ」

「いや、メイドにしなくていいと思いますが……」

「おや、第二タームが始まったようですよ」

空砲の音がぽんぽんと木霊《こだま》している。

ネリアは気合を入れ直して双剣を握るのだった。

「さあ行くわよ！　敵を多く倒した者には私からご褒美《ほうび》をあげるわ！　不埒《ふらち》な蒼玉どもを蹴散《けち》らしてやりなさい！」

翦劉《せんりゅう》たちが「うおおおおおおお‼」と吼《ほ》えた。

かくして白銀革命は進んでいく。

☆

「だいたい何で私とリンズは未《いま》だにメイドなんだよ、こんなミニスカートじゃ寒くてしょうがないだろ⁉」

「喧《やかま》しい。お前はメイドとして奉仕していればいいのだよ」

「おいプロヘリヤ、ネリアの軍が攻めてきてるぞ⁉」

「暖房はガンガンにつけているではないか」

「この天幕はあったかいけどな、逃げる時に絶対寒いだろ！」

「逃亡は万死に値するぞ。お前もリンズも白銀革命が終わるまでは私のメイドなのだから」

ご主人様は呑気《のんき》に鼻歌を歌っていた。

その時、ドカンドカンと近くの地面が弾《はじ》け飛ぶ音がした。

和魂《わこん》や翦劉たちが魔法をバンバン撃ち込んできているのだろう。ここにいたら巻き添えを食らって死ぬのは確実なのだが、私とリンズはプロヘリヤのメイドなので許可なく逃げることはできなかった。

場所は北軍、つまり白極連邦軍の本陣である。

天幕の内側では火鉢に囲まれたプロヘリヤがふんぞり返っていた。そのおみ足は洗面器に満たされたお湯に浸《つ》けられており、私たちは彼女のふくらはぎを揉《も》むことを強要されていた。

「くそ……何とかして脱出する方法を考えないと……！」

「でもコマリさん、相手はネリアさんやカルラさんでしょ？　逃げなくても大丈夫だと思うんだけど……」

「でも千人近い軍勢が攻め込んでくるんだぞ⁉　魔法を見境なくぶち込んでくるんだぞ⁉　安全なところに避難しないとたぶん巻き込まれて死ぬよ‼」

「だ、大丈夫！　コマリさんは私が守るから……！」

「ううう……リンズうううううう……！」

私は思わずメイドリンズを抱きしめてしまった。

杏《あんず》のような香りがふわりとただよって脳味噌《のうみそ》を刺激する。

リンズは「よしよし」と私のことを抱きしめ返してくれた。

立ち眩《くら》みさえ覚えてしまうほどの美少女レベルだ……。

プロヘリヤが「何やってるんだ」と呆《あき》れたように溜息を吐き、

「諸君の命は保証しよう。捕虜《ほりょ》をいたずらに傷つけるような真似《まね》はしたくないからな」

「はあ……⁉　じゃあ私たちをここに連れてくる意味なんてないじゃんか」

「意味ならあるさ。お前たちがここにいれば、やつらもそれほど過激な攻撃はできん」

「そうなの？　さっきから遠距離攻撃されまくってるんだけど——」

ドカーン!!——ものすごい爆音がした。

天幕から顔を出して覗《のぞ》いてみれば、すぐ近くの木々が粉々になって吹っ飛んでいく光景が見えた。私もリンズもさすがに絶句してしまう。

プロヘリヤが「よっこらしょ」と重い腰を上げ、

「そろそろ狙撃態勢に入ろうじゃないか。琥珀王子だけに任せておくのも可哀想《かわいそう》だ」

「承知いたしました。それでは火鉢を外に運ばせていただきます」

「第一部隊の連中も動かしたまえ」

「はっ」

ピトリナが火鉢を担《かつ》いで天幕の外に出ていった。

プロヘリヤは傍《かたわ》らに立てかけてあった巨大な鉄砲をひっつかみ、じゃぶじゃぶと足湯から出て靴を履《は》く。

「おい、まさかお前……！」

「そのまさかだ。お前たちも気になるならついてくるといい————さっっっっっむ⁉︎⁉︎」

天幕の外は吹雪だった。

プロヘリヤは「さむいさむいさむい」と呪文《じゅもん》のように唱えながらサクサクと雪を踏み、やがてピトリナが火鉢をセッティングした高台へと腰を落ち着けた。

「ふう……なんて寒いんだ。こんな日に戦争などするものではないな」

「プロヘリヤ様。第一部隊はすでに進軍させております」

「うむ。私はここからサポートしよう」

「おいプロヘ――――」

ずがんっ!!

耳を破壊するような音とともに弾丸が飛んでいった。リンズが「きゃあ」と悲鳴をあげて抱き着いてくる。その柔らかさをじっくり確かめている暇なんてなかった。

眼下に広がっているのは、ネリアの軍勢と琥珀王子の軍勢が殺し合っている地獄絵図。

そしてプロヘリヤの放った弾丸は、翦劉の兵士のこめかみを正確に撃ち抜いていた。

ネリアがびっくりしてこちらを見上げた。

プロヘリヤが面白《おもしろ》そうに笑い、

「おっと外れてしまった。ネリア・カニンガムは運がいいようだな」

☆

「狙撃されているわ！　方角は真北！　頭上にも注意しておきなさい！」

ネリア・カニンガムは双剣を振り回して叫んだ。

高速で飛来する弾丸を防ぐのは至難の業。翦劉たちは悲鳴をあげながらバタバタと倒れていった。ネリアは己《おのれ》の脳天目がけて飛んできた弾丸を斬り裂きながら考える——やはり真正面から攻めたところで効果は薄いらしい、と。

この戦場には障害物らしい障害物がほとんどなかった。

スナイパーにとっては絶好の狩場だ。

さらにネリアの眼前には、琥珀王子アレクサンドル・アルケミーの軍勢が立ちはだかっていた。部下の蒼玉たちは皆キンキラキンの金属でコーティングされ、翦劉たちが刀を振るっても大したダメージになっていない。

「カニンガム大統領！　きみは強いね！　だが僕の黄金兵団の前には無力さ！」

「はっ、言ってなさい！　すぐにその首を切り落としてあげるわ！」

「残念だがそれは叶《かな》わないよ。この世を統《す》べるのは——蒼玉なのだから！」

琥珀王子が剣先から黄金の魔力光線を放った。

ネリアは双剣を斜めに構えることで受け流す。

周囲で戦っていた翦劉たちが巻き込まれて木端微塵《こっぱみじん》に弾け飛んでしまった。

さらに遠くから銃声。部下たちは「ぎゃー！」「ぐえー！」と絶叫しながら息絶えていく。

このままではまずい。

天照楽土軍も琥珀王子の部下たちに手を焼いている。

となれば、有効な手段はただ一つ。

「ヴィルヘイズ！　風向きが変わったわよ！」

「分かっています。コマリ様に不埒を働く者には死を」

メイドのヴィルヘイズが丸薬のようなものを取り出して――

投げた。ぼふん。

漆黒《しっこく》の煙がもくもくと広がっていく。

☆

「ん？　何やらお前のメイドが不可思議なものを投擲《とうてき》したようだが？」

「あ、あれは……！」

見覚えがあった。

かつて七紅天《しちぐてん》闘争や六国大戦の時に使っていた奇妙な丸薬――『男だけを殺す毒ガス』に違いない。あまりにもふざけたネーミングセンスだが、その効力は折り紙つきなのである。

ピトリナが「ちっ」と舌打ちをして、

「プロヘリヤ様。琥珀王子に退却するよう連絡したほうが」

「いや、強風がこちらに向かって吹いている。すでに琥珀王子もろとも第二部隊は毒の中だろうよ」

吹雪で白んでいたはずの世界は漆黒に染まっていた。

やがてモクモクと煙が晴れていき――現れたのは、死体、死体、死体。

事切れた男の人たちが山のように積み重なっていた。

しかし倒れているのは蒼玉ばかりではない。翦劉たちはもちろん、後から合流した和魂たちも泡を噴いてのびていた。

「味方まで殺してるじゃねーか⁉」

「はっ、なかなかに過激だな！　だからこそ狩り甲斐《がい》がある……！」

「コマリさん、あれを見て！」

メイドリンズが指を差して叫んだ。

毒煙の残滓《ざんし》を棚引かせながらこちらに向かって爆走してくる影が一つ。

雪原を力強く嚙みながら、風のような速度で疾走する騎獣――ブーケファロスだ。

そしてその背に跨《またが》っているのは、見覚えのある二人の少女だった。

「コマリ様！　今助けに行きますからねっ！」

「コマリぃ！　ズタズタを足止めしなさい！　私が真っ二つにするから！」

ヴィルとネリア。

私を助けるために、大急ぎで駆けつけてくれているのだ。

隣のプロヘリヤが「面白い」と微笑《ほほえ》んで銃を構える。

まずい。このままでは二人が撃たれてしまう。

その時、火鉢の影がゆらりと揺らいだような気がした。

「――テラコマリ先生。私が一番乗りだね」

「え？」

プロヘリヤの背後から噴水のごとく何かが飛び出してきた。

それは火鉢の後ろに隠れていた忍者――こはるだった。

クナイを逆手に構え、プロヘリヤに突き刺すべく一直線に降下していく。

ガチン。

隣に控えていたピトリナが巨大なハサミでガードしていた。

「忍者か。ここまで辿《たど》りついたことは褒《ほ》めてやろう」

プロヘリヤが懐《ふところ》から拳銃を取り出した。口笛を吹きながら引き金を引く。

どぱあん!!――撃ち抜かれたこはるの肩口から血が飛び出した。

でもおかしい。血が黒いのだ。いやあれは血じゃない――

次の瞬間、こはるの身体《からだ》そのものが真っ黒の影になって霧散した。

「ッ――お姉さま！　それはダミーですっ」

「その通り」

今度はプロヘリヤの影からこはるが飛び出してきた。

ピトリナが慌てて割って入る。

ハサミとクナイが激突して火花を散らした。

鍔《つば》迫《ぜ》り合いを演じながら、ピトリナが驚愕の視線でこはるを見上げる。

「な、何故魔力が感じられないのですか⁉　あなたは――」

「これは魔法じゃないよ。魁天流鬼道忍術《かいてんりゅうきどうにんじゅつ》の一つ」

「意味が分かりませんっ」

「分からなくていい。お邪魔な子はどいてね」

目にもとまらぬ速度の斬り合いが始まった。

素人目にはピトリナが圧《お》されているように見えるが、突然すぎて頭が追いつかない。

呆気に取られて硬直していると、今度は雪を巻き上げながら襲いかかってくる巨大な気配を感じた。

見れば、ブーケファロスが丘を駆け上って私たちの目の前に迫っているではないか。

「コマリ様！　ああ何という可愛《かわい》らしいお姿！　今攫《さら》って差し上げますからねっ」

「ズタズタぁっ！　年貢の納め時よっ！」

ヴィルとネリアが跳躍してプロヘリヤに襲いかかる。

プロヘリヤは咄嗟《とっさ》に弾丸を二連射したが、ネリアの双剣によって斬り裂かれてしまった。

「なるほど！　では私も近接戦モードに移行しよう」

プロヘリヤの拳銃に魔力が伝導。

銃口がみるみるうちに変形したかと思ったら、縹色《はなだいろ》に輝く魔力の刃《やいば》が伸びていった。

プロヘリヤってそんな武器も使えたの⁉　近接戦は苦手なんじゃなかったっけ⁉――ピトリナ以外の全員が驚愕《きょうがく》に目を見張った直後、銃剣が勢いよく振り上げられて、

「ぐっ」

ネリアの双剣と激突した。

勢いの差なのか、魔力量の差なのか、ネリアの身体は容易《たやす》く吹っ飛んでいった。

しかしすぐに空中で体勢を整えると、余裕の笑みを浮かべて雪上に着地する。

「――あんたの本気って見たことなかったけど！　意外とやるのねっ！」

「何の話だね？　私は本気の百分の一も出していないが」

「私は百億分の一も出していないわ！」

ネリアの双剣が桃色に光った。

烈核解放ではないが、明らかにヤバイ系のエネルギーが集《つど》っているのが分かる。

「逃げようリンズ！　突っ立ってたら死ぬぞ！」

「え、あ、うん」

私は思わずリンズの手を引いて踵《きびす》を返した。

その瞬間、ネリアが双剣を構えて叫んだ。

「さあ！　双剣のもとに散れ！」

「面白い！　やれるものならやってみるがいい！」

桃色の旋風が駆け抜ける。

ネリアが繰り出した斬撃は、雪の大地を抉ってプロへリヤの天幕を真っ二つにしていた。飛び散る瓦礫《がれき》、突風、爆音——私とリンズは悲鳴をあげて転んでしまった。

ネリアのやつ、やり過ぎだろ。

あれじゃあプロへリヤが粉々に——

「わはははは！　その程度か月桃姫よ！」

ばんっ。

銃声が轟いた。

雪の煙から飛び出してきたプロへリヤが、飛翔しながら銃の引き金を引いたのだ。

弾丸はネリアに向かって突き進み——しかし双剣によって弾き飛ばされてしまった。

それからは目で追うのも苦労するほどの激戦である。

銃声、金属音、桃色の魔力。流れ弾がすぐそこに着弾し、私とリンズは再び尻餅《しりもち》をついてしまう。

「コマリ様！　お怪我《けが》はありませんか⁉」

「ヴィル⁉」

どこからともなくブーケファァロスに乗ったヴィルが現れた。

まるで神の降臨を目の当たりにしたような気分である。ヴィルは相変わらずすました表情だったが、瞳《ひとみ》の奥には私たちの無事を安堵《あんど》する色が見え隠れしていた。

「時間がありません！　最終奥義を発動しましょう」

「は、はあ？　何言ってるんだよ。はやく逃げなくちゃ死ぬだろ！」

「私たちが決行したのは少人数による奇襲ですよ。不意打ちでズタズタ殿を仕留めるつもりだったのですが……」

ヴィルがちらりと一段上になっている丘を見た。

プロヘリヤとネリアが、お互い魔力をまとわせてドンパチやっている。

銃と剣がぶつかるたびに大地が揺れ、雪の粉が視界に散らばった。

「ズタズタ殿とカニンガム殿の力が拮抗しており、決着がつきそうにありません。このままでは蒼玉たちに取り囲まれて全滅するのがオチです」

「だいたい何で突っ込んできたんだよ⁉　作戦が脳筋すぎるだろ⁉」

「一刻も早くコマリ様を取り戻したくて……ねえブーケファァロス」

ブーケファァロスが「ぐるー」といなないた。

そんなことを言われてしまったら責める気にもなれない。

「さてコマリ様。一発逆転のためにお力を貸してください」

「メイドの私が参戦してもいいのか……⁉」

「大丈夫です。駄目だったとしても私が何とかします」

ヴィルが手を差し伸べてきた。

こいつがそこまで言うのなら信じるしかなかった。

私は差し出された手を取ろうとして――

「うわあ⁉」

雪が弾け飛んだ。視界が一気に白くなっていく。

プロヘリヤの銃弾がすぐ近くで弾けたのである。

ヴィルが落馬し、驚いたブーケファロスがその場で右往左往する。

私は吹雪のような風を腕でガードしつつ、必死の思いで上空を見上げた。

プロヘリヤが銃口をこちらに向けている。

「――余計な手出しはやめたまえ。血を吸うつもりだっただろう」

「え⁉　そ、そそそそんなことないけど⁉」

「メイドは主人に絶対服従だ。反抗するようなら撃つぞ」

「よそ見してんじゃないわよっ」

ネリアが双剣をプロへリヤの銃に叩きつけた。

私だったら腕が折れているような一撃である。

しかしプロへリヤは、にやりと不敵に笑って言うのだった。

「よそ見もしたくなるさ。これほど楽な戦いはない」

「何言ってるの？　あんたの野望はここで終わるのよ」

「いいや、白極連邦の勝利は揺るがないのだよ」

「じゃあこっちも少し本気を出すわ。烈核解放――」

「周囲を見渡してみたまえ。冬眠から目覚めた小動物のようにな」

「あ、ちょっと……！　飛ぶなんて卑怯よ⁉」

プロへリヤが魔法でふわふわと宙に浮かんでいった。

ネリアは飛べないため、それについていけない様子である。

それはともかく――私は言われた通りにきょろきょろしてみた。

ぞっとしてしまった。

いつの間にか、私たちを取り囲むようにして蒼玉たちが武器を構えている。

ヴィルの言う通りだったらしい。

少人数による奇襲は、失敗すれば四面楚歌《しめんそか》の賭《か》けなのだ。

私は慌ててプロへリヤを見上げた。

「ぷ、プロヘリヤ！　いったんお茶でも飲んで落ち着こうじゃないか！　私とリンズが淹《い》れてあげるから！　ちゃんとプロヘリヤの好みの味とか温度に調整してやるぞ！」

　雪の中からヴィルが「ぷはあ！」と顔を出して、

「――コマリ様いけません！　メイド根性が染《し》みついてしまっています！」

「でもここはプロヘリヤを懐柔しないと……！」

「それはありがたいね。しかし残念ながら、お茶を飲むのは祝勝の宴でと決めているのだよ」

「だ、だったら話し合いをしようじゃないか！　そもそも私たちは常世で力を合わせて戦った仲なんだ、争い合うのはおかしいぞ⁉」

「コマリ、これはエンタメ戦争よ！　それとこれとは話が別！」

「ネリア・カニンガムの言う通りだ！　私は必ずや白銀革命を成功させなければならない！そのためならどんな犠牲も払う覚悟なのだよ！」

「やめろー！　もっと他にいい方法があるはずだろ！　私と一緒に寿命を何とかする方法を探そうよ！」

　ぴくり。

　プロヘリヤの耳が動いた。

　痛いくらいの沈黙が流れ――

　ゆっくりと、ゆっくりとプロヘリヤは振り返った。

私を見つめる視線に籠《こ》もっているのは、氷柱のように凍《い》てついた鋭さである。

「誰から聞いた？」

「え？　それは、えっと……」

「誰から聞いたと聞いているんだ」

その無機質な問いが私の心を縛りつけてしまった。

答えたら殺される――そういう予感が脳裏をよぎった。

リンズが叫んだ。

「そういう魔法ですっ。プロヘリヤさんが困ってるんじゃないかっていうことを、予知の魔法で知りました。コマリさんなら、プロヘリヤさんの力になれるはずだから――」

ばん。

銃声がとどろいた。

プロヘリヤが新たな銃を【召喚】して引き金を引いたのだ。

リンズの頬《ほお》をかすった銃弾は、流れた紅色の血液を散らして背後に吹っ飛んでいく。

「――詮索するな。消されたくなければな」

私は信じられない気持ちでプロヘリヤを見つめた。

その瞳が、普段の彼女とは似ても似つかないほど冷え切っていたからだ。

あまりの出来事に呆然《ぼうぜん》としていた時、ネリアが大地を蹴って跳躍した。

プロヘリヤはすぐさま銃口をネリアへと向ける。

ばん、ばんと連射される魔力の弾丸を寸前のところで弾いていくネリア。

桃色の光が棚引くのを視界に捉えながら、私は思わず目を瞑《つむ》ってしまった。

やっぱりプロヘリヤは変になってしまっている。

いやまあ、エンタメ戦争だから殺意バリバリなのは当たり前だろと言われたらぐうの音も出ないんだけど、さっきのはいつものプロヘリヤからはかけ離れているのだ。

事態は目まぐるしく進んでいた。

プロヘリヤが拳銃を捨てて銃剣を構えた。

ヴィルが投擲するためのクナイを取り出す。

勢いよく飛翔したネリアは、裂帛《れっぱく》の気合とともに双剣を振り上げて——三つの刃が今まさに激突しようとした瞬間、
ぼん、ぼんという大きな音が鼓膜を震わせた。

「⁉」

私はびっくりして空を見上げる。

灰色の雲の近くで弾けているのは、第二タームが始まる時に打ち上げられた空砲である。

わけが分からず沈黙していると、プロヘリヤが【転送】で銃をしまいながら、

「勝負あったな！　第二タームも北軍の勝利だ」

「は……？」

「分からないのか？　アマツ・カルラが琥珀王子に仕留められたのだよ」

プロヘリヤはニヤニヤと不敵に笑っている。

カルラが仕留められた？　そもそもあいつはどこにいたんだ……？

ピトリナと戦っていたこはるが、呆然とした様子で「カルラ様……」とつぶやいた。

「鬼道衆《きどうしゅう》に守らせていたのに……何で……？」

「そういう作戦だったからだ。主要戦力を私が一手に引き受けたのさ」

「でも！　琥珀王子っていうのは毒ガスで死んだはずじゃ」

「毒でやられたと思わせて不意打ちしたのだそうだ」

「無理！　あの毒ガスはすべての男を殺す……」

「どれだけその毒ガスを信頼しているのか知らんが、防ぐ方法ならいくらでもある。そもそもあそこで琥珀王子が死んでいたら、第二タームはとっくに終わっていたはずじゃないか」

「そんな……」

こはるは真《ま》っ青《さお》になってその場に膝《ひざ》をついてしまった。

意味が分からない。何だこの呆気ない結末は。

呆然とする一同の中、プロヘリヤだけが滔々《とうとう》と言葉を紡《つむ》いだ。

「実のところ、私ひとりでネリア・カニンガムを相手取るのは骨が折れる。我々の本命は月桃姫ではなくアマツ・カルラ、琥珀王子にはそのことを伝えてあったのさ。それ以外は眼中になかったのだ」

「はあ⁉　私との戦いで手を抜いていたってわけ⁉」

「抜いてはいない。むしろ全力で足止めさせてもらったよ。人質ばかりに目がいって視野が狭くなっていたようだな」

プロヘリヤはネリアたちがカルラから離れるのを予期していたのか。

あるいは、そうするための策を幾重にも用意していたのかもしれない。

不意に蒼玉たちが割れんばかりの歓声をあげた。

どこからともなく巻き起こるズタズタコール。

私たちは開いた口も塞《ふさ》がらずに立ち尽くしていた。

ほどなくして伸し掛かったのは、また負けたという重い現実だけだった。

プロヘリヤは「すまなかったなテラコマリ」と私を流し目で見つめた。

「自分のメイドを怖い目で睨んでしまったよ。リンズも悪かったね、怪我は治ったかい」

「え、いや」

「私は大丈夫ですけど……」

「そうか。だが白銀革命に口出しをするんじゃないぞ。六国のためには、何が何でも完遂させなければならんのだ。私の背景事情をどこで聞いたのか知らないが、変に首を突っ込むようなら容赦《ようしゃ》はしないからな——行くぞピトリナ」

「承知であります」

「ってお前も怪我しているじゃないか。大丈夫か」

「問題ありません。しかしあの忍者、予想外に強敵でして……」

「まあ、ゆっくり休め。今日のところは勝利を祝おう」

プロヘリヤはがくがく震える脚で去っていった（寒いのだろう）。

私たちは呆然とその背中を見送ることしかできなかった。

最後まであいつの空気に呑《の》まれていたのだ。

☆

その頃《ころ》、リオーナ・フラットはサクナ・メモワールと一緒にお茶を飲んでいた。

リオーナが誘ったのである。第三タームで共闘することになったはいいが、サクナという少女がどんな人間なのかイマイチ分かっていなかったからだ。

できれば友達になれたらいいな——そう思っていたのだが。

「ねえ、サクナ……さん？　さっきから何見てるの……？」

「これですか？　これはコマリさんのステータスですよ」

「すてーたす??」

ティーカップの横に置かれていたのは、平たい円盤のような魔法道具である。

サクナが指で触れるたびに魔力波がほわほわと広がっていく。

さっきからその反応を眺めては「はあ」とか「ふう」とか吐息《といき》を漏《も》らすのである。

気になって仕方がない。

「すてーたすって何？　美味《おい》しいの？」

「食べ物じゃありません。これはコマリさんにつけた発信機から情報を伝えてくれる受信機です。コマリさんの居場所はもちろん、体温、脈拍数、魔力量、体脂肪率などなどを教えてくれます」

「な、何のためにそんなモノを……!?」

「コマリさんを守るためです。……ああ、ちょっと今はドキドキしてるみたいです。プロヘリヤさんにヒドイことをされてないといいんだけど……」

リオーナは見なかったフリをしてオレンジジュースを口に含んだ。

「サクナ・メモワールはヤバイ」——そういう言説がラペリコ王国内にも広がっている。

今まで大抵のヤバイやつとは拳《こぶし》を交えてきた自信があるが、このタイプは初めてだ。

どうしよう。ちょっと怖い。

そういえば、この子はプロヘリヤに依頼されて書記長の拷問をしていたという話だ。

変なこと言ったら口を削ぎ落とされてしまうのではなかろうか。

「あ、あはは！　そんなにテラコマリが心配なら様子を見てきたらいいのに～！」

「突発的な欲望に身を委《ゆだ》ねたら破滅しますよ」

「はめ……え？」

「今はコマリさんを助けるための作戦会議が最優先です。だからこうして遠くからコマリさんの情報を調べるだけで我慢してるんです。本当は今すぐにでも駆けつけてあげたいのに。プロヘリヤさんを×して取り戻したいのに。我慢……我慢我慢我慢……我慢我慢……」

怒りで握った拳が震えていた。

やっぱり怖い。

テラコマリはどうやってこいつを手懐《てなず》けたのか知りたい。

「――えっと！　そ、そうだね！　作戦会議は大事だよねっ！　でも私たちってお互いのこと全然知らないじゃん？　まずは自己紹介から始めたいんだけど」

「え？　あ、はいっ。私はサクナ・メモワールっていいます。よろしくお願いいたします」

「私はリオーナ・フラット！　趣味は身体を動かすことかな！　サクナは趣味とか好きなことってある？」

「趣味は読書と天体観測です。好きなものは……」

ちらりと受信機に視線を落とし、ちょっとだけ頬を赤らめて、

「……秘密です」

「そうなんだー」

秘密にする意味ある？　隠せてると思ってるの？

言いたいことは色々とあったが、リオーナは口を噤んでおいた。

サクナは「ごほん」と咳払《せきばら》いをして、

「とにかく一緒に頑張りましょう。コマリさんを取り戻すために」

「そうだね！　プロヘリヤは強いらしいから、一生懸命頑張らなくちゃね！」

「あ、そのプロヘリヤさんなんですけど……」

受信機をとつおいつしながら上目遣《うわめづか》いで尋ねる。

「前に会った時は、こういうよく分からないことをする人とは思えませんでした。言葉遣いは荒っぽいですけど、正義の味方っていうか、そういう雰囲気があった気がしたんですけど」

「まあ、プロヘリヤはそういうやつだからね。曲がったことが許せないタイプの、言っちゃえば少し頭のカタイ人」

「リオーナさんはプロヘリヤさんと仲がいいんですよね？」

「まあ、悪くはないと思うよ。特別いいってほどでもないけどね」

「何か変わったこととかありませんでしたか……？」

リオーナがプロヘリヤに持ち掛けられた提案。

それは、「ともに書記長の悪事を打ち砕かないか?」というものである。

リオーナは二つ返事で了承した。

プロヘリヤが自分を頼ってくれたのが嬉《うれ》しかったのだ。

だが、書記長を逮捕してプロヘリヤが代理に就任した後のこと――白銀革命のエンタメ戦争部門についてはよく分からなかった。

統帥権云々《うんぬん》もそうだし、何故プロヘリヤがここまで入れ込んでいるのかもピンとこない。

単に世界征服をしたいからというわけではないはずだが……。

思い返してみれば、最近のプロヘリヤには常ならぬ気配がただよっていた。

思い詰めていたとまではいかないが、平たく言えば覇気《はき》がなかったのである。

たとえば「このマフィン美味しいね」と話しかけたら「キリンはよいものだな」という意味不明な返事をされることもあった。

「……様子が変だったね。でもそれが白銀革命に関係あるのかは分からないよ」

「そうですか……じゃあ、勝つしかないってことですね」

「うん! プロヘリヤと戦うのは初めてだから楽しみだよ～! 勝てたらラペリコ王国の評判もぐんぐん上がるよね」

あいつが何を抱えているのかは知らないが、もしも変なことを企《たくら》んでいるのであれば、ぶん殴って目を覚まさせてやろうじゃないか――リオーナはそんなふうに息巻く。

サクナが「そうですね」と笑い、

「でも一番いいのは戦わないことです。ネリアさんやカルラさんが勝ってくれれば、その時点で白銀革命は終わりですよ」

「え～？　それじゃつまんなくない？」

「あの、言ってませんでしたけど、私は戦うのが苦手なんです……」

「へ？」

「乱暴なのも好きじゃありません。できるならなるべく穏便《おんびん》に解決したいです。コマリさんと同じで平和主義者ですから」

「…………………」

嘘だろ……？

平和主義者……？　あんたが……？

「で、でも！　私だって将軍なので責任感はありますっ！　戦わなくちゃいけなくなったら、精一杯頑張りますっ……！　最近、秘密兵器も作ってもらいましたし……」

「秘密兵器？」

「あ、えっと、言っちゃダメなんでした！　秘密だから秘密兵器なんですっ。リオーナさんの足を引っ張らないようにしますねっ！」

「お、おーっ！　そうだね！　一緒にプロヘリヤをぶっ飛ばしてあげようよ！」

「はい！　頑張って殺します！」

サクナは可愛らしくガッツポーズをした。

リオーナはこの少女のことがますます分からなくなってしまった。

まあ深く考えるのはやめにしよう。

これ以上深淵《しんえん》を覗くとコンディションに支障をきたす恐れがあるから――

「――メモワール閣下！　こんなところにいらっしゃったのですか！」

お店のドアを乱暴に開いて大男が入ってきた。

まるで筋肉の塊《かたまり》みたいな吸血鬼である。

リオーナは「誰？」と首を傾《かし》げてしまったが、服装がムルナイト帝国の軍服であることから察するに、サクナの部下に違いない。

「バドワさん……どうしたんですか？　第六部隊は訓練中だったはずじゃ」

「先ほど白銀革命第二ターームの結果が発表されたのです。ネリア・カニンガムとアマツ・カルラの連合軍は、白極連邦軍と対戦し――あっという間に敗北してしまいました」

「え……」

リオーナは快哉《かいさい》を叫びたい気分になった。

やはりプロヘリヤは強い。強いからこそ倒した時の達成感も一入《ひとしお》だ。

しかしサクナは「そんなっ」と不安そうに立ち上がり、

「ネリアさん負けちゃったんですか⁉　あんなに強いのに⁉」

「正確にはカニンガム大統領が負けたのではなく、アマツ・カルラ閣下が不意打ちでやられてしまったのですが……」

「ということは……私たちも戦わなくちゃなんですね……？」

「はい。そしてズタズタスキー閣下から通信用鉱石を預かっています。ちょうど連絡が入っている模様ですが」

部下の人がサクナに通信用鉱石を渡した。

すでに淡く光っている。着信状態だ。

「……何だろうね？　また挑発かな？」

「たとえ挑発だとしても……私は乗りませんっ」

そう言ってサクナは軽く魔力を込めた。

次の瞬間、

『ごきげんようサクナ・メモワール‼　とリオーナ‼』

あまりの大音声《だいおんじょう》に思わず「にゃっ⁉」と耳を塞いでしまう。

通信用鉱石からあふれているのは、間違いなくプロヘリヤ・ズタズタスキーの声。さらにその背後からは、「ズタズタ‼　ズタズタ‼」というお決まりの歓声も聞こえてくる。

「ぷ、プロヘリヤさん⁉　ネリアさんたちに勝ったって本当ですか……⁉」

『本当だとも。連邦軍にかかればアルカも天照楽土も敵ではないよ』

プロヘリヤの声は自信に満ち満ちている。

白銀革命が順調に進んで気をよくしているだ。

であるならば、それを遠慮なく打ち砕いてあげるのがリオーナの役目だ。

『さて——次は第三タームだな。しかしその前に一応確認しておこうじゃないか。今ここで尻尾《しっぽ》を巻いて逃げるというのなら止めはしないが、どうするかね？』

「そんなことしません！　プロヘリヤさんの野望は私が打ち砕きます！」

『わははははは！　威勢がよくていいな！　もともと帝国軍第六部隊は数合わせでしかなかったが、これは存外楽しめるかもしれんな』

「あのー、プロヘリヤ、私のこと忘れてない？」

『…………。そんなことはないぞ！　お前と戦えるのも一日千秋の思いだよ、リオーナ』

「絶対忘れてたよね⁉　変な間があったよね⁉」

『忘れてなどいないさ！　仮に忘れていたとしてもお前が鮮烈な活躍を見せつけてくれれば一生記憶に残ることだろう！　もちろん最後に笑っているのは白極連邦だがな！　アマツ・カルラみたく一瞬で終わらないように頑張ってくれたまえ——』

『——サクナぁっ！　そこにいるんだな⁉』

プロヘリヤの言葉を遮《さえぎ》るようにして声が聞こえてきた。

サクナが「コマリさん⁉」と鉱石に食らいつくように叫ぶ。

「コマリさんですよねっ⁉　大丈夫ですか⁉　腕をもがれたりしてないですか……⁉」

『もがれるわけないだろ⁉　でもプロヘリヤのやつがひどいんだよ、負けた将軍をどんどんメイドに改造してるんだ！　今ネリアもあっちの部屋で着替えさせられてて大騒ぎだよ！　このままだとみんなプロヘリヤのメイドになっちゃう！』

『わははは！　六戦姫はあと一人だけだ！　すべて私の下僕にしてやろう！――それはそうとテラコマリ、さっきから手が止まっているぞ？　メイドならメイドらしく塵《ちり》一つ残さず掃除をしたまえ』

『くそ、何で私がこんな目に……！』

『それが終わったらマッサージな。拒否権はないぞ』

『さっきもマッサージしただろ⁉　そんなにやったら軟体動物になるぞ⁉』

『せっかく手に入れたメイドなのだからコキ使わなければ損だろうよ！』

わははははははは――大笑いが反響した。

何だか楽しそうだな。リオーナはそんな感想を抱いた。

ところが、ふとサクナを見た瞬間ぎょっとしてしまった。

顔が――顔が、

『――メイドのことはさておき！　サクナ・メモワール、そしてリオーナ・フラットよ！

白極連邦に立ち向かってくるのならば微塵《みじん》も容赦はせん、貴様らにも革命の礎《いしずえ》となってもらおうではないか！　我が銃弾に撃ち抜かれるその瞬間を待っていたまえ！　キリンのごとく首を長くしてな！　わははははは！』

通信が切れた。

最後までテンションの高いやつである。

一方、リオーナの隣には極限までテンションを下げている者がいた。

「コマリさん……コマリさん……」

サクナ・メモワールである。

メコォ!!――――通信用鉱石がひん曲がる音がした。

サクナが素手で握《にぎ》り潰《つぶ》したのである。

背後で様子を見守っていた筋肉の人が情けない悲鳴をあげた。

サクナからひんやりとした冷気が漏れ、店内の気温が冷蔵庫並みに落ち込んでいく。

「ああ……コマリさんコマリさんコマリさん……コマリさん……」

「あ、あの、サクナ？　温かい紅茶でも飲む？　いったん落ち着こ？」

「コマリさんをメイドにしてやりたい放題だなんて……許せません……コマリさんを取り戻さなくちゃ……プロヘリヤさんにお仕置きをしなくちゃ………」

「そ、そうだね！　一緒に頑張ろうよ！」

「決めました」

「何を……？」

サクナはゆらりと踵《きびす》を返した。

その背中からあふれるのは、途方もない冷気のオーラである。

「これは私情ではありません。コマリさんは六国にとって大切な人です。コマリさんを独り占めされるのは国益という観点から考えてもよくないことなんです。だからこれは決して私情ではありません。そうですよね、バドワさん」

「は、はいっ！　ベリーチェイス閣下やヘブン閣下のお考えにも沿っているかとっ！」

「えへへ」

……この人、何言ってんの？

リオーナの困惑をよそに、サクナは静かに宣言するのだった。

プロヘリヤは、予期せぬ虎の尾を踏んでしまったらしい。

「――リオーナさん、手伝ってくださいね。これから白極連邦を鏖《みなごろし》にします」

党本部の客間。

私は無数のメイドさんたちに囲まれていた。

「コマリ様ああっ……こんな変わり果てたお姿になってしまって……でも可愛《かわい》いです最高です抱きしめてしまいたいくらいです。ズタズタ殿ではなく私のメイドになってください」

「抱きしめるな！　私はお前のメイドになるつもりはないっ！」

「そうよ！　コマリは私のメイドなんだからねっ！　ズタズタが用意した服じゃなくて私がプロデュースしたのを着なさいよ――って言いたいところだけど、近くで見るとそれも似合ってるわね。アリな気がしてきたわ」

「そう言うネリアのメイド姿も似合ってるけどな」

「似合ってないわよ！　主人たる私がメイドになるってどういうこと⁉　本末転倒もいいところじゃない！　しかも自分で着るならともかく無理矢理着せられるなんて――後でズタズタのやつもメイドにしてやるわ！」

「こ、こんな姿をお祖母《ばあ》様に見られたら大変ですっ！　天照楽土《てんしょうらくど》を統《す》べる大神《おおみかみ》がけったいな

恰好《かっこう》をするんじゃない！――って怒られて殴られて背負い投げされてしまいますっ！　この黒歴史は必ずや隠蔽《いんぺい》しなければ……」

「大丈夫、ばっちり写真に撮っておいたから」

「こはる!!　余計なことをしないでください!!」

「でもカルラも似合ってるぞ？　さすが一兆年に一度の美少女だよ」

「あ、ありがとうございます……あんまり嬉《うれ》しくないですけどっ！」

「じゃあカルラ様、私は東都《とうと》に戻って報告してくるよ。元気でね」

「わざわざ侵入してきたのなら私を助けてください！　待ってこはる、行かないで、色々な意味で行かないで～っ！」

「駄目だカルラ、期待はするな！　プロヘリヤに無断で逃げたら爆発《ばくはつ》して死んじゃうんだからな！　ここはひとまずメイドとして従順に――」

「コマリ様コマリ様コマリ様コマリ様コマリ様あぁっ……！」

「――ってさっきから何やってんだお前は!?　猫みたいにスリスリしてくるな！　だいたい何でここにいるんだよ!?」

「ズタズタ殿に無理を言って配下に加えてもらいました。コマリ様と一緒にいるためのやむを得ない処置です。最初はあまりの暴挙に憤慨《ふんがい》していましたが、メイドコマリの新たな可能性を見つけてくださったズタズタ殿には感謝しなければなりませんね」

「何を言ってるんだお前は……」

「あの、皆さん、お茶でも飲みませんか？　白極連邦《はっきょくれんぽう》の茶葉を使ってみました」

カオスな状況である。

この場にいるのは、私、ヴィル、ネリア、カルラ、リンズの五人だ。

第二タームで南軍が打ち破られてしまったため、その将軍であるネリアとカルラもプロヘリヤの軍門に下ってしまった。

もちろんメイド服の着用は義務付けられているから、二人ともメイドさんの仲間入りだ。

なんだかレアな気がするので、じっくりと網膜に焼きつけておこうではないか。

「まったく！　ズタズタのやつは何を考えているのかしら」

メイドリンズの淹《い》れてくれたお茶を飲みながら、メイドネリアは心底腹立たしそうに声を荒らげた。

「他人を無理矢理メイドにするなんて悪趣味としか思えないわ。まだコマリに寄って集《たか》る変態どものほうがマシよ」

「ネリア、鏡を見てから言ってくれないか？」

「ところで、プロヘリヤさんはどこに行ってしまったのでしょうか？　もう少しスカートの丈を長くしていただけないか相談したいのですが……」

「あ、プロヘリヤさんはまだ来ていないみたいですよ」

リンズがおかわりのお茶を注《そそ》ぎながら言った。メイド姿が板についている。

「ピトリナさんが言うには、別の場所でお仕事だそうです。やらなくちゃいけないことが山ほどあるみたいで……今日は特に用事はないから、党本部でゆっくりしていてくださいって」

「そうですか。ではメイド服を脱いでも問題ないのでは……？」

「そ、それはダメです。私たちはメイドさんとして働くっていう契約なので」

「リンズさんは律儀ですね。バレなければ何も問題はないんですよ。私もよく業務中にお昼寝をしていますが、バレていない間はすやすや眠ることができています」

「あんた、サボってるのがバレてお祖母さんによく殴られてるって聞いたわよ？」

「バレたら殴られますが、バレるまでは殴られません。つまりこれは、バレなければ問題ないということの証左でもあるのです。そして今はバレる要素が皆無なので安心です」

「でもカルラさん、元の服は全部没収されてしまいました。脱いだら裸になっちゃいます」

「ぐ……それは困りますね……」

カルラとリンズが変な会話を繰り広げている傍《かたわ》ら、私は昨日のプロヘリヤのことを思い出していた。

ずっと胸に引っかかっているのは、寿命のことを持ち出された瞬間、殺意のこもった目で私たちを見つめてきたことだ。

プロヘリヤが心優しい子であることは分かっているが、だからこそモヤモヤしてならない。

あれは――明らかに困っている人の目だった。

自分の信じる正義に向かって猛進しているように見えるが、その実、プロヘリヤは袋小路にいるのかもしれない。考えてみれば当然だ。あと二カ月しか生きられないなんて言われたら、誰《だれ》だって焦《あせ》ったり動揺したりするに決まっているのだ。

「……プロヘリヤに謝りたいな」

「謝る？　どういうことですか？」

ヴィルが耳ざとく私のつぶやきを拾った。

私は「えっと……」と少し口籠《くちご》もってから、

「……あいつを怒らせちゃったんだ。悪気はなかったんだけど、なんていうか、ちょっと無遠慮なことを言っちゃってさ……」

「あのズタズタ殿が怒るとは相当ですね。しかし、そのようなネタには心当たりはありませんが……一つ可能性があるとすれば、私をも超越するド級のセクハラ発言でしょうか」

「んなことするわけないだろ」

「ですよね。ちなみにですが、それはもしかして寿命がどうのこうのという話ですか？」

聞こえていたらしい。ヴィルはあの場にいたのだから当然だ。

リンズがそわそわと私を見つめていた。

ネリアとカルラも「何の話？」と視線を向けてくる。

話してしまってもいいのだろうか。

でも話したことがバレたらプロヘリヤはめちゃくちゃ怒る気がする。いや、カルラも言っていたじゃないか——バレなければ問題ないって。いやいやそうじゃない。そういう悪知恵を抜きにしても話してしまったほうがよい気がしてきた。

ネリアやカルラ、ヴィルに相談しなければ、私は身動きが取れないのだ。

それに皆で考えたほうが、プロヘリヤのためになるに決まっていた。

だから私は、意を決して開口するのだった。

「聞いてくれ。プロヘリヤのことなんだけど……」

☆

今日も雪がやむ気配はない。

白極連邦は永遠の冬に囚《とら》われている。

それでも蒼玉《そうぎょく》たちは大喜びだった。

彼らの信奉する大将軍、プロヘリヤ・ズタズタスキーと琥珀《こはく》王子アレクサンドル・アルケミーが連戦連勝の快挙を遂げたのだ。騒ぐなというほうが無理である。

「すごい熱気だねえ。寒さが吹っ飛んじゃうくらい」

「はい。プロヘリヤさんはすごい方ですから」

ドヴァーニャは〝赤の広場〟で熱狂する蒼玉たちを見つめて溜息《ためいき》を吐《つ》いた。

自分にはプロヘリヤの後継者たる資格はないのだ。

彼女のように世界を変革するだけの気概が備わっていないのだから。

隣を歩くロロが「ねえドヴァーニャ」とこちらに向き直る。

「そんなに深く考えても仕方ないよ。プロヘリヤのかわりに書記長になるのがイヤだったら、ストライキすればいいんだ。そうそう、リンズだって天子《てんし》になりたくなくて頑張ったって聞いたよ？　まあ、ほとんどコマ姉のおかげなんだけどね」

「そういうわけにはいきません。それに……私は自分に背負わされた責任のみで沈んでいるのではないのです」

「ズタズタが心配ってことね」

「はい」

マリヤが発動した【飛燕《ひえん》の宝玉《ほうぎょく》】は、もうすぐ効果が切れてしまうのだ。

プロヘリヤはドヴァーニャに色々なものを与えてくれた。

エンタメ戦争で勝つ方法、権謀術数渦巻く共産党で生き抜く方法、イグナート・クローンとの付き合い方、誕生日プレゼントのぬいぐるみ、その他《ほか》の様々な面白《おもしろ》い話——ドヴァーニャにとっては恩人そのものだった。

だから、あの人がいなくなってしまうのはイヤだ。

でも現実問題として運命は避けられぬものとなっている。

アマツ・カルラに泣きつくことは許されない——何故《なぜ》なら【逆巻《さかまき》の玉響《たまゆら》】で十年も時を巻き戻せば、カルラのほうが死んでしまうからだ。またしても誰かを犠牲にして生き延びたことを知ったら、プロヘリヤは必ず激怒《げきど》する。あるいは失意に沈むかもしれない。

ドヴァーニャは、白銀《はくぎん》革命には反対だった。

世界の危機だか何だか知らないが、白銀革命にいそしんでいるプロヘリヤは苦しんでいるように見える。

あの人は、自分のやりたいことを押し殺して今日まで生きてきた。

マリヤに報《むく》いるために、正義の味方であらねばならないと頑張ってきた。

最後くらい、自分のやりたいことをやったらどうなんだ。

だけどドヴァーニャには彼女を止めることはできないから、祈ることしかできない。

どうかプロヘリヤさんが、面倒なしがらみや使命感から解き放たれて、暖かい部屋でぬくぬくと過ごせますように——

「——大丈夫よ。コマ姉がなんとかしてくれるわ」

ひらひらと舞う雪片《せっぺん》。

それを掌中《しょうちゅう》でもてあそびながらロロッコは言った。

「コマ姉はどんな困難だって乗り越えてきたもの。もしかしたら、ズタズタの寿命の問題だって解決しちゃうかもしれないわ。あいつは戦闘能力も馬鹿《ばか》みたいに高いけれど、それ以外もめちゃくちゃ恵まれてるのよ？　コマ姉の豪運にかかれば、きっとズタズタの寿命もカメみたいに延びるわ。まんねんまんねん」

「……そうだと。いいのですが」

テラコマリ・ガンデスブラッドは希代の英雄だ。

そのカリスマ性はプロヘリヤに匹敵《ひってき》するのではないかと思っている。

だからこそ、ドヴァーニャは彼女にプロヘリヤのことを打ち明けたのだ。

テラコマリなら何とかしてくれるのではないかという奇跡に賭《か》けて。

もちろん、都合のいい希望に溺れたりはしない。

奇跡は起こらないから奇跡なのである。

英雄だって絶対ではないのだ。

「――ま、あれこれ考えても仕方ないでしょ。今私たちにできるのは、気晴らしに遊び倒すことだけなんだから」

「私は遊んでいません。プロヘリヤさんから身辺警護の任務を仰《おお》せつかっているのです」

「身辺警護？　ズタズタの？　じゃあ遊んでる暇なかったり……？」

「いいえ違います。ロロの警護です。お客人ですから」

「な〜んだ！　それなら一緒に遊べるじゃない！」

「いえ。ですから……」

「もうすぐオーケストラが始まるわ！　一緒に聴きに行きましょう！」

ロロッコは問答無用でドヴァーニャを引っ張っていった。

雪の粒は徐々に巨大化し、背筋も凍るような北風がびょおびょお吹く。

季節外れの冬は、まだまだ続くようだ。

☆

「――そうですか。だからズタズタ殿は焦っているのですね」

ドヴァーニャから聞いた情報を話し終えると、ヴィルは難題にぶち当たった学者のような顔をしてそう言った。ネリアとカルラも予想外に重い話だったからか、しばらく呆気《あっけ》に取られて二の句が継げずにいた。

「これは全部本当のことだ。ドヴァーニャがあの状況でデタラメを言うはずがないし」

「もちろん疑ってはいません。ズタズタ殿の行動を考えると合点がいきますからね。しかし、そうだとして我々にできることは……」

ヴィルがカルラのほうをチラリと見た。

やっぱり最初に思いつくのは時間を巻き戻すことだ。

しかし私は慌《あわ》ててカルラを庇《かば》うように前に出た。

「それはダメだろ！　カルラの力には限りがあるってアマツが言ってたんだ」

「えっと、プロヘリヤさんが死にかけたのは十年前なんですよね？　さすがにそれだけの時間を戻すとなると……」

「分かっています。駄目元でお尋ねしようかと思っただけですよ」

ネリアが「にしても」と困ったように腕を組み、

「ズタズタにはそういう事情があったのね。このエンタメ戦争、あいつらしくないって思ってたけど……じゃあ書記長を逮捕してやりたい放題やってる理由もそれかしら？　協力者である私には教えてくれてもよかったのに」

「言いにくいことだったんだろ。それよりどうやってプロヘリヤを助けるか考えようよ」

「そうねえ。あいつの寿命を延ばすことができるのは、たぶんそういう烈核解放《れっかくかいほう》を持った人だけよ。でも今のところ見つかっていないから、どうにもならないわ」

「探せば見つかるのかな？」

「可能性はゼロじゃないとは思うけど……たぶん、白極連邦のやつらは血眼になって探してたんじゃない？　それでも解決してないんだから、今更私たちが無理をしても仕方がない気がするわ」

「ぐぬぬ……」

書記長はおそらくプロヘリヤを救うのに必死だった。

しかし名案はついぞ浮かばず、最終手段として天照楽土への侵攻を企《くわだ》てたのだろう。

リンズが「あの」とおずおず手を挙げて、

「プロヘリヤさんと、話してみたらどう……？」

「あいつと？　寿命の話を出した途端に殺されそうなんだけど」

「それでも、本人がどう思ってるか確認するのは大事だから」

確かにリンズの言う通りだった。

私はプロヘリヤについて知らなすぎるのだ。

まずはあいつと意思疎通をしてみなければ始まらない。

「よし、プロヘリヤのところへ行ってみようじゃないか。……で、あいつって今どこにいるんだっけ？」

「先ほど偵察のメラコンシー大尉から連絡がありました。どうやらズタズタ殿は自宅で何かの作業をしているようですね」

「なるほどな……上手《うま》く仲直りできたらいいんだけど」

「ご安心ください。懐柔《かいじゅう》のための必要物資は取り寄せておりますので」

「必要物資……？」

ヴィルは無表情で親指を立てた。

不安極まりない。どうせ場を引《ひ》っ掻《か》き回すだけのアイテムなんだろ――と思ったのだが、いったん部屋に戻ったヴィルが持ってきたのは、意外と有効活用できそうなブツだった。確かにこれならプロヘリヤの気を引くことができるかもしれない。

☆

プロヘリヤの家には、私とヴィルの二人で向かうことになった。

大勢で押しかけたら迷惑だろうしな――と呑気《のんき》に考えていたのだが、ネリア曰《いわ》く「私たち全員で取り囲んだらズタズタが警戒するでしょ」とのこと。ごもっともである。

「着きましたね。意外と質素なのでびっくりです」

「そうか？　立派な家じゃん」

「六凍梁《ろくとうりょう》大将軍にしては小ぢんまりしてませんか？　ズタズタ殿の財力があれば、テーマパークのように広大な豪邸に住むことだって不可能ではありません。ちょっと変ですよ」

「テーマパークみたいな広さだったら落ち着かないだろ」

でも言われてみればそんな気がしなくもない。

統括府の片隅に佇《たたず》んでいたのは、赤い屋根が特徴的な一戸建ての住宅である。

似たような家屋が並んでいるのを見るに、計画的に建てられた区画なのかもしれない。

ぴんぽーん。

試しにインターホンを押してみた。

ところが、しばらく待っても反応がない。

「……出かけちゃったのかな？　入れ違いで」

「そのはずはありません。メラコンシー大尉が見張っていましたので」

「何であいつが見張ってるんだよ。だいたいあいつは何なんだよ」

「ご存知《ぞんじ》ないのですか？　あのラッパーはコマリ様と私に次ぐナンバー3ですよ。私が不在の時は彼が第七部隊をコントロールしています」

「まーた嘘《うそ》を吐きやがって。メラコンシーにそんなことできるはずないだろ」

「まあそうですね。コマリ様が知る必要はありませんからね——おや、鍵《かぎ》がかかっていませんよ。お邪魔してしまいましょうか」

ヴィルがノブを捻《ひね》ると、扉は何の抵抗もなく開いてしまった。

私は慌てた。ここで勝手に入ったらそのへんの変態と一緒である。

「待て！　プロへリヤに怒られるだろ……!?」

「多少強引《ごういん》なほうがいいのですよ。足踏みして機会を逃したら後悔します。……それに、いるのに返事がないということは何かトラブルが起きている可能性がありますので」

「それはそうかもしれないけど心の準備が――あ、おい！」

ヴィルは無遠慮にずんずん侵入していった。

こいつにはドロボウの才能があるのかもしれない。

私はなるべく大声で「お邪魔しまーす！」と叫ぶと、小走りでヴィルの後に続いた。

廊下はめちゃくちゃ暖かかった。

そこかしこで暖房用の魔法石が起動しているのだ。

もはや夏レベルだが、プロヘリヤにとってはこれが最適な気温なのだろう。

「プロヘリヤー？　いるのかー？」

「ズタズタ殿～⁉　ズタズタ殿～⁉――……ダメですね、返事がありません。もう死んでいるのかも……」

「不吉なこと言うなよ！　部屋で寝ているだけだろ」

廊下はそのまま一つの扉につながっていた。

あの向こう側がリビングルームなのかもしれない。

私はゆっくりと扉を押し開けて――

「え？」

「これは……」

思わず立ち止まってしまった。

視界を埋め尽くしたのは、一言で言えば〝もふもふ〟だった。

ぬいぐるみ。ぬいぐるみ。ぬいぐるみ——どこを見渡してもぬいぐるみ。テーブルや棚、キャビネットにずらりと並んでいるのは、様々な動物のぬいぐるみだったのである。天井《てんじょう》からは紐《ひも》で吊《つ》るされている鳥たちがふわふわと羽ばたき、床にはクマやイタチ、タヌキといった陸上動物たちが足の踏み場もないほどに集合している。

……何だこれ？

ぬいぐるみ専門店にでも迷い込んでしまったのか？

「あ、ズタズタ殿発見」

ヴィルがベッドを指差してそう言った。

動物たちに埋《うず》もれながら真っ白の少女が眠っている。

水色のパジャマに身を包み、巨大なサメのぬいぐるみ——というか抱き枕《まくら》にしがみついている。いつもの軍服じゃないので一瞬脳が理解を拒んだが、あれはプロヘリヤに違いない。プロヘリヤがベッドですうすうと寝息を立てているのだ。

まずい。何か見てはいけないモノを見ているような気が。

にわかに「んぅ」というつぶやきが聞こえた。

「…………お姉さま……」

「…………」

やっぱりまずい。あれは聞いてはいけないモノなのだ。

今日のところは退散して出直そう。

そう思って踵《きびす》を返した瞬間、プロヘリヤがもぞもぞと動いた。

急いで逃げようとする。

ヴィルが私の腕をつかんで止めやがった。

声を出すこともできずに硬直していると、やがて長い睫毛《まつげ》の乗ったまぶたがゆっくりと開いていき――

目が合った。

気まずい沈黙が舞い降りる。

「……や、やあプロヘリヤ。おはよう」

「…………………」

プロヘリヤは三秒ほど停止していた。

三秒経《た》ってからガバリと起き上がった。

その衝撃でぬいぐるみがいくつかベッドから落ちたが、構わずに辺りをきょろきょろと見渡して――やがて私のほうに視線が固定された。

「な」

短い言葉。よく見れば紅葉を散らしたように頬《ほお》が赤い。

「――何でテラコマリがここにいるんだっ⁉」

当然の疑問だった。

私は右隣のヴィルを見た。ヴィルは不思議そうに右を向いた。どうやらメイドを頼っても無意味らしい。私はその場に平伏すると、「ごめん！」と誠心誠意の謝罪をするのだった。

☆

「来るなら来るって言え！　歓待の準備もできないではないか！」

「本当にごめん！　プロヘリヤの連絡先も知らなかったから……」

「だいたい今日は党本部で大人しくしてろって言っただろ！　これはメイドにあるまじき独断専行だ、しっかりと処罰してやるから覚悟しておきたまえ！」

「わ、分かった。お風呂《ふろ》掃除とかなら頑張ってする」

「それにしてもズタズタ殿、なかなかメルヘンチックなお部屋ですね。こんな趣味があったとは意外ですが、可愛らしくて素敵だと思いますよ」

「おいヴィル、今そこにメスを入れるな！　ややこしくなる！」

ばん‼――プロヘリヤがテーブルをぶん殴った。

殺されると思った私はその場で亀のごとく丸まった。

　しかしプロヘリヤはしばらくプルプルと痙攣《けいれん》すると、「はあああ」と怪獣みたいな溜息を吐いてその場に座り込むのだった。

「……ぬいぐるみは私の趣味ではないよ。支援者の皆様が贈ってくださるのだ。我が家がぬいぐるみ屋敷になっているのは仕方がないことなのさ」

「ぬいぐるみに埋もれて寝ていたのに？　抱き着いていたのに？」

「あったかいから有効活用させてもらっているまでのことだ！　何だね、文句があるなら受けつけようじゃないか！　言っておくがこのぬいぐるみたちは私物だぞ、私がどう使おうが持ち主である私の勝手！　法から逸脱するような行為は何一つ行っていないからな！」

「文句はない！　ないから落ち着け！」

「私は落ち着いている！」

　プロヘリヤは真《ま》っ赤《か》になって叫んでいた。

　あまりにも珍しい一面だ。しかも服装がガーリーなパジャマなのでなおさら。

　とにかくこれ以上は刺激しないほうがいい。

　話が前に進まないからだ。

「それにしても寝顔が非常に可愛らしかったですね。あのプロヘリヤ・ズタズタスキーとは思えないほどの――」

「お前は黙っとれ！」

メイドの口を両手で塞《ふさ》いだ。

私は愛想《あいそ》笑いを浮かべてプロヘリヤを振り返り、

「ご、ごめんプロヘリヤ！　突然訪ねてしまって迷惑だったよな……」

「別に構わんさ。見られて困るモノなど一つもありはしない。コーヒーと紅茶、どちらがいいかね」

「すみません。コーヒーも紅茶も気分ではないので牛乳を持ってきてくれませんか？」

「おい！」

「分かった。テラコマリもそれでいいな？」

「え？　あ、えっと、うん」

プロヘリヤはキッチンのほうへと姿を消した。

しばらく経ってから温かいミルクを持ってきてくれる。

マグカップをテーブルに並べながら、「で？」と口火を切った。

「何の用で来たんだ？　わざわざ私のねぐらを訪ねてくるとは相当だぞ」

「プロヘリヤに謝りたかったんだ」

私は正座をしてまっすぐプロヘリヤを見据えた。

「……ごめん。プロヘリヤの話、聞いちゃったんだ」

「そうか。だがそれは第二タームの時にすんだことだ」

「あとネリアやカルラにも言っちゃった。みんなで考えれば何かいい案が浮かぶんじゃないかと思って」

「コマリ様、そんなことまで説明しなくてもいいのでは……」

ヴィルはそう言うが、ちゃんと説明しておくことは大事なのである。

プロヘリヤはジッと私を見つめた。

怒っては——いないようだ。

やがて「仕方ないな」と溜息を吐き、

「どうせドヴァーニャから聞いたのだろう？　重要な機密事項だったはずなのだが、人の口に戸は立てられぬとはこのことか……」

「ズタズタ殿。寿命があと二カ月しか残っていないというのは本当なのですか」

「本当だよ」

あっさりと肯定された。

「ドヴァーニャが暴露した通りだ。私は十年前に一度死にかけ、姉の力によって命を与えられた。もともとは三十年近く残されていたが、色々あって短縮され——二カ月後の九月十二日に命を落とすことになっている」

「それは……どうにかすることはできないのか？」

「どうにか？　寿命を延ばすという意味か？　それはナンセンスな質問だね。私はべつに死ぬことに対して必要以上に恐れを抱いてはいないさ」

「嘘だろ。誰だって死ぬのは怖いはずだぞ……」

「逆さ月の連中のスローガンを覚えているかね」

スピカが言っていたので覚えている。

確か、死ぬことがどうのこうのってやつだ。

たとえばフーヤオは、スピカ曰く「理想的な生を全うして散っていった」。

「〝死こそ生ける者の本懐〟。トリフォン・クロスの言によれば、これは死を過剰に崇《あが》め奉《たてまつ》るものではないそうだ。有意義に生きて死ぬことこそ人間のなすべきことである——そういう意味らしい。やつらの残虐《ざんぎゃく》なやり口は到底許せないが、この思想に関しては頷《うなず》かざるを得ないところもあるね」

「ズタズタ殿は今、有意義な人生を送っていると?」

「もちろんだとも。私は後悔しないように時間を使ってきたのだ。ピトリナなんぞは『もっと休め』と諫言《かんげん》してくるが、私からすれば的外れもいいところだ。休んでしまったら人生がもったいないではないか」

ズタズタはいつでも一生懸命だった。

それはメイドとして仕事に付き添っていたら嫌でも分かってしまう。

出不精で引きこもり気質な私とは正反対だったが、だからこそ、プロヘリヤの生き方は途方もない輝きを放っているように見えた。

「私の最後の大仕事は白銀革命だ。テラコマリも知っていると思うが、星砦《ほしとりで》というテロリストは掛け値なしのバケモノさ。私は実際にお目にかかったことはないが、常世《とこよ》のあの塔から噴き出した瘴気《しょうき》が夕星の仕業《しわざ》ならば、放置しておくことは許されない」

「そのために統師権なのですね」

「ああ。六国《りっこく》は一丸となって立ち向かう必要がある。しかし仲良しこよしでは破綻《はたん》する時が必ず来る――私はそう思っているのだ。書記長は『対等の同盟では破滅が確定する』と言っていたが、まさにその通りさ。軍において指揮系統をしっかりしておくことは大切だからね。そしてその旗振り役を務めるのは、白極連邦の他にありはしないのだ」

「待ってください。ズタズタ殿は書記長の命令で動いているのですか……?」

「そんなわけあるか。やつとは目的は一緒だが、手段が違うのだ。他国を支配するのに武力を用いてどうする？　私のように対等な決闘で白黒つけたほうが穏便《おんびん》に済むではないか」

「ムルナイト帝国では暴動が起きていますけどね」

「その辺りに関しては読みが甘かった。だがリーダーたる六戦姫《ろくせんき》が納得していれば、いずれ人民もそれに追随するだろうよ。その後は――私ではなくドヴァーニャの番だ。あの子ならば蒼玉たちを、六国を率いていくことができる。まだ頼りないところはあるが、琥珀王子に補佐してもらえば大丈夫だろう」

「琥珀王子殿はそんなに信用できるのですか？」

「やつは私の古馴染《ふるなじ》みだ。その性質はよく知っている」

「ズタズタ殿の彼氏だったりします？」

「馬鹿を言え。そもそもやつは──いや、何でもない」

　意味深に言葉を止める。

　プロヘリヤは自分のミルクをごくごく飲み干して、

「──まあとにかく、そういう了見なのだ。これは白極連邦の機密事項であるし私のプライバシーに関《かか》わる問題でもあるから、無闇《むやみ》に言いふらしたりするんじゃないぞ。ネリア・カニンガムやアマツ・カルラにもよろしく言っておいてくれ」

　迷いのない瞳《ひとみ》に見据えられてたじろぐ。

　いや、本当に迷いはないのだろうか？　誰だって死ぬのは怖いはずなのだ。それとも死期が昔から判明しているから心の準備は万全──ということなのだろうか？　プロヘリヤの感情がよく分からなかった。

　だが、プロヘリヤがどう思っていたとしても。

　プロヘリヤと別れたくない人はたくさんいるに決まっているのだ。

　ドヴァーニャやピトリナ、書記長だってそうだろう。

　白極連邦の人たちもプロヘリヤがいなくなったら悲嘆《ひたん》に暮れる。

　そして何より、私はもっとこいつと話してみたかった。

「ちなみにズタズタ殿、今日は何をしていたのですか？　部屋でコマリ様のようにだらだらしていたようにしか見えないのですが」

「おい」

「だらだらしたくてしていたわけではないのだ。疲労でつい眠ってしまったのさ」

　プロヘリヤは床のぬいぐるみを抱き寄せた。ウサギのぬいぐるみだ。

「今日の仕事は〝片付け〟だ。家財もそうだが、支援者からいただいたぬいぐるみたちをどうにかしなければならん。他人に譲るにしても、このままというわけにはいかないからな。汚れや解《ほつ》れなどを修繕《しゅうぜん》してやっていたところなのだよ」

「片付けってお前……何でそんなことするんだよ……？」

「当たり前だろう？　私はいなくなるのだから」

　当然のように言われて言葉を失った。

　いったいその決断に至るまでにどれほどの苦悩があったのか。あるいは全然なかったのかもしれない。しかし私にとっては到底受け入れられない現実だった。

　私はヴィルの服の裾《すそ》をちょいちょいと引っ張る。

「あれを頼む」

「あれ？　ああ、なるほど」

ヴィルが手荷物を漁《あさ》る。

中から出てきたのは巨大なぬいぐるみだった。

プロヘリヤの目が見開かれていった。

それは、かつて天舞祭《てんぶさい》でプロヘリヤから押しつけられたシロクマである。

いつか返そうと思っていたのだが、なかなか機会がなくて叶《かな》わずにいたのだ。

「これをあげるよ。本当はお詫《わ》びの品として持ってきたんだけど、渡すのを忘れてたから別の意味であげることにする」

「どういうつもりだ？　片付けをしていると言っただろうに……」

私はギュッとシロクマをプロヘリヤに押しつけて、

「そんなもんは邪魔してやる！　勝手に消えるなんて許さないからな！」

「な……」

「このシロクマは置いていく！　天舞祭の時に欲しそうな顔をしていたからな！」

「欲しがってなどいるか！　お前の愚かなる勘違いだ！　だいたいだな、こういうものを渡されても困るのだ。私には時間が残されていないから……」

「そういう後ろ向きなのはよくない！　前向きじゃないと前には進めないんだぞ⁉」

「姉が発動した烈核解放は絶対なのだ！　透視魔法でも何でも使えば分かる、死ぬまでの残り時間は私の心臓にしかと刻まれているのさ。これは特殊な手段でも用いない限り覆すことは不可能だ。そして特殊な手段などこの世には存在しない」

「正論言うなよ！　とにかく片付けなんかさせるか、お前の気が変わるまで散らかしてやるからな！　ヴィル！」

「承知いたしました。ちんすこうを貪《むさぼ》ってカスをこぼします」

「そういう意味じゃないけどでかしたぞヴィル！　おいプロヘリヤ、一緒に寿命を延ばす方法を探そう。たぶん今までは白極連邦の内部だけであれこれ考えていたんだろ？　でもネリアやカルラ、リンズにも協力してもらえば何か分かるかもしれないよ」

「このちんすこう美味《おい》しいですね」

「おわあ⁉　せっかく掃除してるのに何をするんだお前らは‼」

「とにかく！　お前が諦《あきら》めるのを諦めるまでお前の邪魔をしてやるからな！　行くぞヴィル！」

私はちんすこうを食べるヴィルを引き連れて部屋を出た。

背後から「待てこのメイドども！」という怨嗟《えんさ》の声が響いてくる。

振り返ると、プロヘリヤが顔を真っ赤にして私を睨《にら》みつけていた。

まるで親の仇《かたき》でも見るかのような目。

やっぱりあと二カ月しか生きられない人間とは思えないほどの活力だ。

「邪魔などさせるか！　私は私の目的を達成するために動く！」

「分かってるよ。だから私はそれを邪魔するんだ。自分の命を勘定に入れていない作戦なんて間違っているからな」

「お前というやつは」

プロヘリヤが大きく息を吸った。

すぐさま容赦《ようしゃ》のない宣戦布告が飛んできた。

「お前というやつは——愚かの極みの極みの極みだ！　メイドの分際《ぶんざい》でわけの分からぬことを言ってくれる！　何もかも思い通りになると思ったら大間違いだぞ——だがそこまで豪語するのならやってみるがいい！　私を止めてみるがいい！　言っておくが白銀革命は必ず成功させてやるからな！」

プロヘリヤの意思は固いらしかった。

だが、それをすべてひっくるめて何とかするのが私の仕事なのだ。

私はプロヘリヤを一瞥《いちべつ》すると、何も言わずに部屋を後にするのだった。

☆

「さすがはコマリ様ですね。未来が視《み》えないのにあんな啖呵《たんか》を切るなんて」

「プロヘリヤは最初から死ぬことを前提に動いていた。でもそんなのって間違ってると思うんだよ。みんなで協力すれば方法は見つかるはずだから」

プロヘリヤの家を出てすぐ。

私とヴィルは、雪道を歩きながら言葉を交わしていた。

相変わらず身も心も凍るような気温だが、プロヘリヤが用意してくれたコートを着ているためそこまで寒くはない。

ヴィルがくすりと微笑《ほほえ》んで言った。

「とてもよいと思います。やはり白銀革命をぶち壊すのですか？」

「ぶち壊すわけじゃない。プロヘリヤに勝つんだよ。あいつの言う〝統帥権〟ってのは、自分がいない世界を想定したものだ。そんなのは絶対に許さない」

「まあそうですよね。もともとズタズタ殿の作戦には穴があったのです。リーダーが納得すれば民衆も納得する云々《うんぬん》と言ってましたが、それはあまりにも楽観的な考えです。ムルナイト帝国の吸血鬼たちが黙って蒼玉に従うと思いますか？」

「思わないな」

「先ほども言いましたが、ムルナイト帝国では暴動が起きています。フレーテ・マスカレールが鎮圧に動いているようですが、きっとコマリ様に恨《うら》みを募らせていることでしょうね」

「何で⁉」

「コマリ様が負けたせいで暴動が起きているのですから当然です」

最悪だった。あとでお詫びのちんすこうを持っていこうか。

まあ今はフレーテのことよりもプロヘリヤのことが重要だった。

「……第三ターム、大丈夫かな」

「メモワール殿と猫の頑張りに期待するしかありません。【パンドラポイズン】が使えるようになったので、後ほど未来を視ておこうかと思います」

「頼む。一応サクナにも連絡しておくか……」

私はサクナにつながっている通信用鉱石を取り出した。

手をかざして起動してみた瞬間――

『――はいサクナ・メモワールですコマリさんどうかしましたかっ？』

一秒も経たないうちに声が聞こえてきた。

速いな？　ちょうど向こうもかけようとしてたのかな？

まあサクナはいつもこんな感じだから気にしないでおこう。

「悪いなサクナ。明日のことなんだけど……」

『第三タームのことですか？　今リオーナさんと打ち合わせをしているところですよ』

「あ、取り込み中だった？　ごめん、また後でかけ直すから……」

『いえいえ大丈夫ですっ！　お話ししましょう！』

「そ、そうなの？　まあ大した用事じゃないんだけど……さっきプロヘリヤと話したんだ。

やっぱりプロヘリヤのためには負けられないなって思って」

『ああ……寿命のことですね……？　さっきネリアさんから聞きました』

　喋《しゃべ》りまくりじゃねーか。

　ネリアのやつ、コンプライアンスがガバガバだ。

　でもサクナやリオーナに伝わっているなら話が早い。

「あいつが死ぬことを前提に白銀革命をやっているのは何かおかしい気がするんだ。だからみんなでプロヘリヤを助けるための策を考えたい。そのためには——まずは明日、プロヘリヤの野望を打ち砕かなくちゃならない」

『はい。分かっています』

「負けた分際で何をって思うかもしれないけど、明日、できるだけ頑張ってくれないか？　もうサクナしか残っていないから……」

『………！』

　鉱石の向こうで息を呑《の》む気配がした。

『何話してるのー？』というリオーナの退屈そうな声が聞こえてくる。

　あれ？　返事がないぞ？　もしかして嫌だった？——そこで私はハッとした。サクナも私と同じで平和主義だったじゃないか。戦争で頑張るのはイヤに決まっているのだ。何故か（本当に何故か）その認識が揺らいでいたせいで無理なお願いをしてしまったのである。

サクナはか弱い美少女なのに……！

「ごめん！　戦うのはイヤだったよな！　無理はしなくていいから――」

『いえ。頑張ります』

サクナはきっぱりとそう言った。

『ムルナイト帝国でも私に期待する声が上がっているみたいなんです。コマリさんの負けをなかったことにできるのはサクナ・メモワールだけだって……さっきフレーテさんからも連絡がありました。暴動を鎮圧するためにも絶対に勝ってください、って』

「お、おう。まじか……」

『それに、コマリさんからの頼みなら断れませんから。もうサクナしか残っていない……ふふふふ……ふふふふふふふふふ…………』

「さ、サクナ……!?　本当に大丈夫なのか……!?」

『大丈夫ですよ。じゃあコマリさん、待っていてくださいね！　私が絶対に助け出してあげますからっ』

何故かサクナはウキウキ気分でそう締めくくった。

隣のヴィルが「悔しい……！」と意味不明な対抗心を燃やしていた。

よく分からないが、第三タームは波乱の予感がするぞ。

北軍。プロヘリヤ・ズタズタスキーと琥珀《こはく》王子の軍勢。

南軍。サクナ・メモワールとリオーナ・フラットの軍勢。

両者は互いに睨《にら》みを利《き》かせながら、刻一刻と迫る開幕の空砲を静かに待っていた。

私はもちろんメイドとしてプロヘリヤ陣営に捕らえられている。というかヴィルもネリアもカルラもリンズも全員メイドとして従事させられていた。いざとなったら人質として有効活用する腹積もりなのかもしれない。

「今回は今までのフィールドではないのですね」

ヴィルが辺りをきょろきょろ見渡しながら言った。

そうなのである。第二タームまではだだっ広い雪原でバトルを繰り広げていたのだが、今私たちの周りにあるのは——木、木、木。雪で真っ白になった木々が鬱蒼《うっそう》と生い茂っている光景だった。

プロヘリヤが「仕方がないだろう」と笑い、

「あちらから異議申し立てがあったのだ。北軍が指定したフィールドには何が仕掛けてあるか分からないから、籤《くじ》で決定しろとね——その結果としてこの森林が選ばれたというわけだ。

ああそれにしても寒い、何だってこんな森閑とした山奥で戦争しなければならないのだ！」

「ここってどこなんだ？」

「核領域北部さ。山のど真ん中だから、遭難でもしたら命はないと思え」

私はぶるりと震えて隣のリンズに一歩近寄った。

「……どうしたのコマリさん？」

「寒いからな。何となくだ」

仲間とはぐれたら死ぬかもしれん。

信頼のおけるリンズのそばから離れないようにしよう。

不意にネリアが「ねえズタズタ」とプロヘリヤに向き直った（ちなみにこいつもメイド服を着ている）。

「私たちって人質なのよね？　戦争に参加したらいけないの？」

「どういう意味だね？　人質として参加しているではないか」

「そうじゃないわ。あんたをこの場で切り伏せてもルール上問題ないかって聞いているの」

「おいネリア、なんて物騒なことを言い出すんだよ」

「ネリア・カニンガムよ、メイドが主人に反逆することは許されていないのさ。もし諸君が白極連邦《はっきょくれんぽう》軍に対して不逞《ふてい》を働いた場合、即刻我々の勝利が確定する。白銀《はくぎん》革命のルールブックにもきちんと記載していることだ」

「ちっ」

ネリアは舌打ちをしてそっぽを向いた。

ちなみに丸腰である。双剣の携帯は許されなかったらしい。こいつ、素手でプロへリヤに勝つつもりだったのか？

「……あの、プロへリヤさん」

今度はカルラがおずおずと手を挙げて言った。

「確認しておきますが、私たちメイドの安全は確保されているのでしょうか？」

「戦場に安全があるわけなかろうが。お前と私は一蓮托生《いちれんたくしょう》だ。まあ誠心誠意ご奉仕してくれるというのなら守ってやるのも吝《やぶさ》かではないさ」

「分かりました！　何でもお申しつけくださいっ」

「ではワンと鳴け。犬のようにな」

「わん！」

「リンズも守ってやるぞ？　にゃあと鳴け」

「にゃ、にゃあ……？」

リンズが恥ずかしそうに猫のポーズをした。

可愛《かわい》くて悶《もだ》えそうになった。

許せないぞプロヘリヤめ。リンズになんてことをさせるんだ。

でも珍しい光景なのでしっかり観察しておこうじゃないか。じーっ。

突然ヴィルが私とリンズの間に割り込んできた。

「コマリ様、いやらしい目つきでリンズ殿を凝視しないでください」

「い、いやらしいって何だよ⁉　そんな目で見てないからなリンズ！」

「え？　あ、うん……忘れて……」

「うわあごめん！　そんな変態を見るような目で私を見ないでくれ！」

「リンズ殿の猫ポーズはどうでもいいのですよ。それよりもズタズタ殿、私たちを即刻解放するべきだと思います。人質にして戦場に連れてくる意味などありませんよ」

ヴィルが強引《ごういん》に話題を変えやがった。

カルラが「その通りですっ‼」とものすごい食いつきを見せる。

「人質なんて無意味です‼　私たちを安全な場所に避難させてください‼」

「ヴィルヘイズよ、それはどういう意味だね？」

「メモワール殿はバトルジャンキーです。いざとなったら私たちもろとも殺害します。アマツ殿が泣いて許しを乞うても無視してぶち抜くことでしょう」

「そうなのですか⁉⁉」

「ヴィル、サクナがそんなことするわけないだろ」

いやまあ、これはプロヘリヤに対する脅しみたいなものか。

しかしプロヘリヤは余裕の態度を崩さずに笑うのだった。

「――心配しなくともメイドの使い道などいくらでもあるさ。お前たちをこうして侍《はべ》らせているだけでも白極連邦の力を誇示することができるからな。白銀革命を成功させるためには重要なピースなのだよ」

やはりプロヘリヤは本気で私たちを潰《つぶ》すつもりのようだ。

だが、自分の死を前提とした計画に正義はないと私は思っている。

だからこそサクナには頑張ってほしい。

何としてでもプロヘリヤを止めてもらいたい。

「……なあヴィル。【パンドラポイズン】は発動したのか?」

「はい。昨日、メモワール殿に吸ってもらって今日の戦いを視てみました。でも分かったのはメモワール殿が琥珀王子殿を攻めまくっている映像だけですね。それまでにも何やら激しい戦いがあったようですが、私の力は〝未来のある一点〟を視ることしかできないので何とも言えません」

「むむむ……じゃあ勝敗は分からないってことか……」

「申し訳ございません。時間帯の指定に失敗すると上手《うま》く予知できないのです」

未来がちょっと分かるだけでも反則だしな。

　今はサクナの活躍を祈るしかない。

「――テラコマリよ。相変わらず不埒《ふらち》なことを考えているようだな」

　プロヘリヤが席を立ち、蒼玉《そうぎょく》たちが待っている天幕の外へと向かった。

　慌《あわ》ててその背中を追いかけると、ぶわっとすさまじい勢いの吹雪《ふぶき》が出迎えた。

　どうやら今日の天気は大荒れらしい。プロヘリヤは「寒い寒い」と身体《からだ》を震わせながら、しかし力のこもった視線を私に向けるのだった。

「私は勝つぞ。六国《りっこく》の未来のためにな」

「プロヘリヤ……」

「その後はお前にも頑張ってもらいたいところだ。白極連邦の指導力とお前の爆発《ばくはつ》力があれば、テロリストを壊滅させることも難しくはあるまい」

　言っても聞かないようだ。

　覚悟が決まってしまっている。

　となれば――私たちにできるのは力で止めることだけだ。

　プロヘリヤはずらりと並んだ蒼玉たちの前に立つと、高らかに宣言するのだった。

「諸君、準備はできているかね？　これより白銀革命は最終段階に移行する！　この第三タームで勝利した陣営が正真正銘、世界の支配者だ！　南軍の弱虫どもに我々の力を見せつけてやるがよい！」

うおおおおおおおおおおおおおおぉぉぉぉぉ――――――――っ!!

ズタズタ!!　ズタズタ!!　ズタズタ!!　ズタズタ!!

轟々《ごうごう》と鳴る吹雪の音をかき消すほどの声が辺りに広がっていった。

サクナは本当に大丈夫なのだろうか。

そんな不安を抱いた時――

ぽん、ぽんと第三ターム開始を告げる空砲が寒空に響いた。

プロヘリヤはピトリナが用意したスナイパーライフルを構えると、スコープではるか遠くを見つめ、ニヤリと歯を見せて笑うのだった。

「さあ親愛なる蒼玉たちよ！　ブタどもを血祭にあげろ！」

カチリ。

プロヘリヤはさっそく引き金を引いた。

☆

前方で魔力爆発が巻き起こった。

部下のカピバラたちは「地震だ！」「いや雷だ！」などと叫んで大騒ぎしているが、そのどちらでもあり得なかった。

あれはプロヘリヤが放った弾丸に他《ほか》ならない。

この吹雪と森林では狙撃は難しいから、広範囲攻撃で攻めてくるつもりなのだろう。

「よーし！　みんな、行くよ！　プロヘリヤをぎゃふんと言わせちゃえ！」

「「「カピイイイ!!」」」

カピバラたちは奇妙な叫びとともに突撃していく。

森林ではドカンドカンと魔力爆発が巻き起こっていた。

ズタズタスキー隊の連中が遠距離から弾丸をぶっ放しているのだ。

リオーナは死地に飛び込んでいくカピバラたちの雄姿を見送ると、すぐ隣で待機しているサクナ・メモワールに目をやった。

彼女は黙したままプロヘリヤ（と琥珀王子）がいるであろう方角をジッと見据えている。

その右目は、通常では有り得ない光を発していた。

意志の力――烈核解放《れっかくかいほう》の紅色だ。

「大丈夫？　作戦通りにいきそう？」

「……はい。すでにズタズタスキー隊とアルケミー隊は内乱状態に突入しました。背後から攻撃してくる人がいたら、目の前の敵どころではありませんよね」

「えへへ」とサクナは不気味に笑った。

これが【アステリズムの廻転《かいてん》】の基本的な使い方なのだそうだ。

事前に一定数の敵兵を殺して洗脳しておけば、戦いが始まった後に好き放題操《あやつ》ることができる。サクナは昨日のうちに、琥珀王子の部下とプロヘリヤの部下を、合わせて二百人くらい殺した。殺したはしから次々に洗脳されていくため、誰《だれ》もその凶行に気づくことはできない。気づいたとしても「目撃者は殺すので大丈夫ですよ」とのことだ。

ちょっと卑怯《ひきょう》な気がしなくもない。

あと性能が怖すぎる。

が、その効果は絶大だった。今頃《いまごろ》白極連邦は予期せぬ裏切りの多発によって大混乱に陥《おちい》っていることだろう。その隙《すき》にカピバラたちが琥珀王子を倒してしまえばいいのだ。

サクナは「よしっ」と小さく拳《こぶし》を握り、

「私たちも行きましょう！　メイジーさん、補助をお願いしますっ」

「はいはい。私たちが負けたらムルナイトは大変なことになっちゃうからねえ」

サクナの隣に控えていたゴスロリ服の吸血鬼――メイジー・ベリーチェイスが、雪除けに使っていた傘を畳んで軽く振った。

次の瞬間、彼女の足元から沼のように半固体の物質が広がっていった。

甘ったるいにおいが立ち込め、リオーナは思わず酔ってしまいそうになった。

あれはチョコレートの沼である。

さらにその沼から、チョコで製造された兵士たちが続々と這《は》い出てきた。

——作戦その二、戦いは兵力で圧倒するべし。

メイジーはにっこりと笑って言った。

「第六部隊が五百人、ラペリコ王国が五百匹、チョコの兵士が千体——合わせて二千人の兵士よ♪　白極連邦のやつらはこれらすべてを凌《しの》げるかしら？　見ものだわ～」

「こ、これ一体一体が戦力になるの⁉　魔法って便利なんだね……！」

「しかも非常食としても優秀よ♡　食べてみる？」

メイジーが兵士の腕をもぎ取って差し出してきた。

もがれた兵士は「ヴェオアア」とおぞましい悲鳴をあげている。

リオーナは謹んで遠慮しておいた。

サクナが「第六部隊の皆さん！」と声を張り上げて、

「敵は北方です！　琥珀王子さんを殺してください！」

「「「うおおおおおおおおお————っ‼」」」

第六部隊の吸血鬼たちも進軍を開始。

遠隔からの魔法攻撃がやんだのを見るに、【アステリズムの廻転】は機能しているようだ。

リオーナは遠くの山にいるプロへリヤのことを考えた。

あいつは死期を悟ってこんな無謀な計画に乗り出したという。

サクナから聞いた話では、テラコマリは「自分の命がなくなる前提で行動するのはバカ（意訳)」みたいに考えているらしい。まさにその通りである。死の運命が避けられないならば、その運命を突き崩す努力をしなければならないのだ。

白銀革命は、まったくもってプロヘリヤらしくない。

あいつを一発ぶん殴って目を覚まさせてやらなければならない。

リオーナは雪の大地を蹴《け》ると、全速力で敵の居場所に急行する。

☆

「死ね！　プロヘリヤ・ズタズタスキーッ!!」

「何だ貴様は!?　おい、まさか裏切るつもりか!?」

「プロヘリヤ様！　いったん退避してください！」

「ぐわあっ！　何だこいつら、人が変わったように……!?」

目の前で突然謎《なぞ》のケンカが勃発《ぼっぱつ》した。

プロヘリヤの部下たちが何故《なぜ》かバトルを始めたのである。誰かが突然味方を銃で撃ったかと思ったら、また別の誰かが剣を振り回して大暴《おおあば》れ。プロヘリヤの隊はあっという間に秩序を失ってしまった。

「おいプロヘリヤ!?　裏切りが発生してるぞ!?　お給料ちゃんとあげてたのか……!?」

「あげているに決まっているだろうが！　やつらは操られているのだ――サクナ・メモワールによってな！」

襲いかかってきた部下を銃身で殴り倒しながらプロヘリヤが叫ぶ。

サクナ？　サクナがやったの？　いったいどうやって――しかしちょっと考えれば分かることなのだ。あいつは人の脳味噌《のうみそ》を自由自在に操る能力を持っているのだから。

「メモワール殿、殺して回ったみたいですね。やはりあの方は第七部隊に匹敵《ひってき》するバトルジャンキー……」

「必要だからやっただけだろ⁉　サクナは心優しい美少女なんだ‼」

「コマリさん、逃げませんか⁉　なんだか私たちのほうまで危険が及びそうですよ⁉」

カルラが青くなって私にすがりついてきた。

一人の蒼玉が「ウオオオ‼」とか叫びながら殴りかかってくる。

カルラが「きゃあああ‼」と黄色い声をあげてその場に丸まった。

私もやばいと思ってカルラの下に潜《もぐ》り込もうとして――

その蒼玉の顔面に、勢いよくグーが突き刺さった。

「ぶべっ」と悲鳴をあげて吹っ飛んでいく襲撃者。

メイドネリアが容赦《ようしゃ》のないパンチをお見舞いしていた。

「――大丈夫⁉　いったん退くわよ！　ここにいたら巻き込まれちゃうから！」

「ね、ネリアぁああ！　ありがとおおおお！」

ネリアは吹っ飛ばした蒼玉を踏み越えると、私の手を引いて走り出した。

ヴィルやカルラ、リンズも慌ててついてくる。

上空でフワフワと浮いていたプロヘリヤが「ちっ」と舌打ちをして、

「総員！　どうやら不届きな造反者が出ているようだ！　可哀想《かわいそう》だが、こやつらを始末してから戦いに乗り出すぞ！　なぁに、ちょうどいいウォーミングアップになるだろうさ！」

蒼玉たちが雄叫《おたけ》びをあげて魔法をぶっ放した。

大地が爆《は》ぜ、辺りは一気に血腥《ちなまぐさ》い戦場と化してしまう。

サクナさん、もうちょっと手加減をしてくれませんか。

私たちまで死にそうなんですけど。

「ここなら安全ね！　やつらの戦いが収まるまで待機しましょうか」

ネリアが岩陰まで私を引っ張ってくれた。

ヴィル、カルラ、リンズの三人もギリギリのところで避難してくる。

私はそっと蒼玉たちの様子を眺め、「うえぇ」と思わず声を漏《も》らしてしまった。

「……これ、琥珀王子のところでもやってるのかな？」

「十中八九。メモワール殿が半端《はんぱ》なことをするとは思えませんからね」

「もう私たちの勝ちでよくありませんか？　帰ってお昼寝をしたいのですけれど」

カルラに同感である。

見た感じ、プロヘリヤの隊はすでに半分近くが死んでいた。

琥珀王子のところも似たような状況に違いない。

これだけの戦力差があれば勝敗は決したも同然なのだろうが――いや、しかし、エンタメ戦争は何が起こるか分からないから怖いのだ。

ふと、上空のプロヘリヤが鉱石で誰かと通信しているのを見た。

プロヘリヤはたちまち苦々しい表情を浮かべ、再び大きな舌打ちをすると、未《いま》だに戦っている部下たちに向かって声を張り上げる。

「――琥珀王子が窮地《きゅうち》だそうだ！　動ける者は私についてこい！　仕方がないから救援に向かうぞ！」

☆

琥珀王子アレクサンドル・アルケミー。

六凍梁《ろくとうりょう》のうちでは、プロヘリヤに次ぐ実力者と目されている。

今回の革命において、他の六凍梁や書記長、政府高官を拘束することができたのは、アレクサンドル率いる第二部隊が迅速《じんそく》に動いたからだ。プロヘリヤからも感謝されたのを覚えている——「お坊ちゃんにしてはよくやったではないか！」と。

アレクサンドルの目的は、白銀革命を成功させることだ。

プロヘリヤが先頭に立って六国を率いていけば、世界はよい方向へと導かれていくに違いない。部下たちの中には「アレクサンドル様がトップに立つべきでは」と提言してくる者もいるが、そうではないのだ。

自分は二番手が向いている。プロヘリヤには敵《かな》わない。

幼い頃にそれを理解させられてしまったのだ。

アレクサンドルと同じでありながら、同じ道を辿《たど》らずにすべてを得た少女。

だから、アレクサンドルはプロヘリヤのサポートをしなければならない。

それなのに——

「——洗脳の類《たぐい》か！　やってくれるね！」

アレクサンドルの隊はすでに半壊していた。

突如として裏切りが発生したのである。

蒼玉たちは味方同士で殺し合い、すでに無数の屍《しかばね》を積み上げていた。

しかもこの洗脳は、恐ろしいほどに手が込んでいる。

ついさっきまで〝洗脳されていない者〟として裏切り者の粛清をしていたのに、ほっと一息をついた頃を見計らって暴れ出《だ》すのだ。

時間差の覚醒《かくせい》。この不意打ちで死んだ味方の数は二、三十を超えていた。

おかげで蒼玉たちは疑心暗鬼に陥り、その優れた能力を十分に発揮できずにいる。

そして何より恐ろしいのは、敵軍の武力そのものだった。

「さあ琥珀王子！　年貢の納め時だよ〜っ！」

猫耳の少女——リオーナ・フラットが、流れ星のような速度で戦場を駆け巡っている。

その拳が振るわれるたび、蒼玉たちは紙屑《かみくず》のように吹っ飛んでいった。

彼女が率いるカピバラたちも存外曲者《くせもの》で、ちょこまかと高速で動き回っては蒼玉たちの肉を嚙《か》み千切《ちぎ》っていく。

「くっ、素早いね！　だが僕の魔法の前では——」

「ざぁんねん♡　その前にチョコにしてあげるわ」

「！」

木の上から甘ったるい声が聞こえた。

ムルナイト帝国軍のメイジー・ベリーチェイスが傘を振って指示を出している。

どこからともなく現れた泥人形たちが、奇声をあげて襲いかかってきた。

「何だこれは……!?　まさか兵士を作ったのか!?」

「チョコの兵士よ♪　足止めくらいにはなるでしょ？」

アレクサンドルは剣で切り伏せながら歯嚙みした。

リオーナ・フラット、カピバラたち、チョコ人形、そして正規のムルナイト帝国軍兵士――

対してこちらは、洗脳によって混乱状態の蒼玉たちが残り三百人程度。

多勢に無勢だった。

だが、だからといって諦《あきら》めていいわけではない。

「……ふっ、胸が躍るね。これほどの窮地はいつ以来だろうか」

「何笑ってるのっ？　よそ見してたら死んじゃうよ！」

ガキィン!!――神速で繰り出された拳を剣でギリギリ防いでやった。

リオーナと視線が交錯する。

純朴な殺意を間近で感じ、アレクサンドルは笑みを深めてしまう。

「強いね。だが世界を支配するのは白極連邦だ」

「なにをう!?　そういう自分勝手な考え方はよくないよ!?」

「いいや。プロヘリヤが統帥権を獲得すれば、すべてが丸く収まるんだよ。だから僕は死んでもきみたちに勝ってやる」

「やだね！　プロヘリヤの根性は私が叩《たた》き直してあげるよ！」

「やれるものなら――やってみたまえ！」

錬金魔法を発動。

剣に滞留していた魔力が、どろどろの黄金へと変換されていく。

リオーナの拳はあっという間に絡《から》めとられていった。

事態の急変に気づいたリオーナが「にゃっ⁉」と悲鳴をあげて身を引こうとした時には、何もかもがもう遅い。

「このまま黄金色の海に呑《の》まれてしまえ。僕たちが勝者だ」

「ちょ、ちょっと何これ⁉　どろどろして攻撃が全然効かないんだけど――うぷっ」

黄金はリオーナの顔のほうまで達していた。

このまま窒息させてしまえば白銀革命は完成である。

アレクサンドルは魔力を込めてトドメを刺――


星が散った。


「――⁉」

突然脳味噌を揺さぶられたアレクサンドルは、一秒遅れて雪原をごろごろと転がっている自分に気がついた。

回転する視界。じんわりと痛む側頭部。

衝撃によって錬金魔法は解除され、リオーナが「げほげほ」と咳《せき》をして座り込んでいる光景が見えた。

わけが分からない。何が起きたんだ。

あっという間に雪原に伏したアレクサンドルは、迅速に辺りの様子を探った。

だらり。

血。頭から血が出ている。

錬金魔法のオートバリアによって致命傷は免れたが、これはいったい――

「――殴り殺すつもりだったのに。やっぱり純正の蒼玉さんは硬いですね」

気温がさらに一度下がったような気がした。

信じられない思いで見やれば、戦場のど真ん中に、凍《い》てつく殺意をまとった少女――

七紅天《しちぐてん》サクナ・メモワールが立っていた。

この状況を作り上げた元凶。倒さなければならない敵。

その手に握られているのは、巨大なマジックステッキだった。

あれで殴られたに違いない。

だが、それにしても――

「――まさか物理攻撃されるなんて。それは魔法を補助するための杖《つえ》じゃないのかい？」

「補助もできるし近接武器にもなる優れものですよ。琥珀王子さんを殺すことはできなかったみたいですけれど……」

サクナ・メモワールが心底残念そうにそう言った。

面白《おもしろ》い。そっちがその気なら、本気で殺してあげようじゃないか。

アレクサンドルは痛みを堪《こら》えて立ち上がると、魔力を練って錬金魔法を発動した。

ふわふわとした黄金の粒が周囲に出現する。

力を込めて剣を握り、水平に大きく振ってそのすべてを弾《はじ》き飛ばした。

黄金の礫《つぶて》はサクナ・メモワール目がけて殺到する。

「通用しません。その程度では」

「なっ……」

サクナ・メモワールがステッキを構えて突進してきた。

驚くべきことに、迫りくる黄金の礫に対して防御策を講じることもなかった。その柔肌《やわはだ》を貫くかと思った瞬間――ばちん！　という激烈な音とともに黄金は弾かれてしまう。

ばちん！　ばちん！　ばちん！

すべてが無効。通じている気配は一切《いっさい》ない。

そうしてアレクサンドルは気がついた。

あれは――氷によるオートガードだろうか？

こちらが錬金魔法でバリアを張っているのと同じように、サクナ・メモワールも自動的に攻撃を弾くシステムを構築しているのだ。

「だったら……防御が不可能な物量で押し切ればいいだけのことだ！」

アレクサンドルは剣を振るって第二波、三波を放つ。

間にいる味方を何人か巻き込んでしまったが、心を鬼にして黄金の礫を繰り出し続けた。

だがサクナ・メモワールが止まる気配はない。

攻撃はすべてオートガードによって防がれてしまい、気づいた時には残り三メートルほどまで近寄られている。

「馬鹿《ばか》な……！」

「やあああっ！」

サクナがマジックステッキを振るった。

魔力の乗った一撃である。

アレクサンドルは黄金をまとった剣で防ごうとして――

ばきんっ。

剣が折れた。ステッキで叩き折られた。錬金魔法すら打ち破られてしまった。

あまりの衝撃に絶句していると、今度は高速で回し蹴りが飛んできた。

「がはっ……！」

腹部に衝撃。アレクサンドルはなすすべもなく吹っ飛ばされていった。

背後の岩に琥珀色の沼を作り出すことによってなんとか衝撃を殺し、体勢を立て直そうとして正面を見据えた瞬間、思考が止まりかけてしまった。

「【ダストテイルの箒星《ほうきぼし》】」

無数の氷柱が、こちらに向かって飛んでくる。

瞬時に覚醒したアレクサンドルは、折れた剣を黄金で補強して迎え撃った。

「ぐっ……ぉおおおおっ……!!」

一発、二発、三発――一振りの剣で防ぐのは土台無理な話だった。肩が抉《えぐ》れ、脇腹《わきばら》から血があふれだし、あまりの激痛にアレクサンドルは離脱しようと試みて、

「！」

だが足が動かなかった。いつの間にか、チョコの兵士たちがアレクサンドルの足首をがっしりと握っていたのだ。

「だ～め♡　そのまま串刺しになっちゃえ」

「メイジー・ベリーチェイス……！」

木の上から嘲笑《あざわら》うゴスロリの吸血鬼。

あれをなんとかしなければ逃げられない。だがそんな暇はない。リオーナ・フラットも立ち上がり始めている。もはや八方塞《はっぽうふさ》がりかもしれない――逡巡《しゅんじゅん》しているうちに氷柱が脇腹を貫いた。アレクサンドルは剣を取り落としてその場にしゃがみ込んでしまう。

「――ごめんなさい。死んでください」

吹雪で劣悪になった視界の中、冷気をまとって突貫してくる吸血鬼の姿を見た。

ぞくりと背筋が凍りつく。

サクナ・メモワール。あまりにも強すぎる。あれが七紅天の六番手というのだから空恐ろしい。いや、ムルナイト帝国は部隊の番号が序列になっているわけではないのか？　明らかに最強のテラコマリが第七部隊だし、白極連邦とは違うのだろうか——そんな取り留めもないことを考えながら死を覚悟した時のことだった。

ぱんっ。

銃声がとどろいた。

サクナ・メモワールの右半身が抉れ、腕が回転しながら飛んでいった。

大量の血液が飛び散る。

アレクサンドルは呆気《あっけ》に取られて上空を振り仰《あお》いだ。

そこに浮いていたのは——

「わははははは！　間一髪だったな琥珀王子！　サクナ・メモワールはムルナイト帝国でも一、二を争うほど凶暴な七紅天だ！　気をつけたまえ！」

プロヘリヤ・ズタズタスキー。

正義のヒーローが、助けに来てくれたのだ。

☆

「――みんな死んじゃったんだけど⁉」

「えげつないですね。さすがメモワール殿です」

「ズタズタも琥珀王子のところへ行っちゃったみたいね。どうする？」

「決まっています‼　帰りましょう‼」

「プロヘリヤさん、大丈夫でしょうか……」

「リンズ殿はどっちを応援しているんですか」

「と、とにかく状況を確認しよう！　ここにいても始まらない！」

私たちは岩陰からのそのそと這い出した。

雪原は血みどろの大騒ぎである。プロヘリヤの部下たち（三百人くらい）があちこちでくたばっているのだ。これをサクナ一人でやったかと思うとぞっとする。サクナは怒らせないほうがいいな、うん。

「ここに残っているのは死体だけのようですね。ズタズタ殿は生き残りを引き連れて琥珀王子殿のところへ向かったようです」

「どうする？　私たちもズタズタのところへ行く？」

「行きません。こんなところにいたら命がいくつあっても足りないので帰ります」

「カルラさん、ここは雪山ですよ……？　一人で行動したら遭難しちゃいます」

「うっ……誰か【転移】の魔法石を持っている人はいないのですか?」

「持ってないわよ。そういうのは全部ズタズタに回収されちゃったから」

北風がビュオオオと吹いた。

私は思わず身を震わせてしまう。

こんなミニスカメイド服を着ていたら凍えてしまうのは必至なのである。

その時、遠くのほうで爆発音のようなものが聞こえた。

次いで、銃や魔法をぶっ放す音。

プロヘリヤたちが戦っているようだ。

「――様子を見に行ったほうがいいわね。サクナと猫の活躍に六国の命運がかかってるわけだし、応援くらいしてあげないと罰が当たるわ」

「正気ですか⁉ 私たちは何の力もないメイドなんですよ⁉」

「リンズ殿、魔法で私たちの身を守ることはできますか?」

「は、はいっ! 花葬魔法・【百花繚乱《ひゃっかりょうらん》】」

リンズが唱えると、周囲の雪たちが花びらとなって旋回し始めた。

これなら流れ弾を防ぐことができるはずだ。

私はみんなのほうを振り返ると、ぎゅっと拳を握って言った。

「ネリアの言う通りだ! 戦場に飛び込むのは怖いけど、サクナのほうがもっと怖い思いをしているに決まってるからな！」

「承知いたしました。コマリ様のことは私がお守りするので大丈夫です」

「私もコマリさんを守れるように頑張りますっ」

「あとこれ、ズタズタの天幕にあった暖房用の魔法石よ。一個ずつ持っていきましょう」

「ありがとう！　行こう！」

「え？　本当に行くのですか？――ま、待ってください！　私を一人にしないでください後生ですからっ！」

そんな感じで走り出した時のことだった。

突然、山そのものを揺るがすような衝撃が辺りにとどろいた。

大地が震動し、木々が倒れ、いっそう荒れ狂った風雪が私たちに襲いかかる。

思わず「わああ！」と悲鳴をあげてその場に座り込んでしまった。

「な、な、何だ⁉　地震か……⁉」

「違うわ！　見てよあれ！」

ネリアが天を指差して叫んだ。

そうして私は信じられないものを見た。

鉛色の空に、ぽっかりと穴が開いているのだ。穴から差し込んできた太陽の光が、極寒の世界に燦々《さんさん》と降《ふ》り注《そそ》いでいる。いったい何が起きたのだろうか――

「何かしら……？　白極連邦の秘密兵器？」

「分かりません。しかしメモワール殿に危険が及んでいる可能性があります」

「そ、そうだな！　はやく行かないと……！」

私たちは「やっぱり帰りましょうよ！」と泣き言をほざくカルラを説得すると、サクナのもとへ向かって再び走り出した。

しかし、この時は思いもしなかったのである。

あの雲の切れ目こそが、白銀革命の――ひいてはプロヘリヤの運命を決定する兆しだったなんて。

☆（すこしさかのぼる）

「プロヘリヤ！　すまない、苦労をかけてしまった……！」

「構わないさ！　これでサクナ・メモワールも虫の息だ！」

プロヘリヤは銃口をサクナに向けて叫んだ。

右半身を抉られたサクナの身体がよろめく。弾き飛ばされた右腕が、ぼとりと雪に落ちた。

氷の魔力でガードされたので威力は軽減されてしまったが、それでも致命傷であることには変わりはない。

だが、ここで気を抜いたら勝利は遠ざかってしまうのだ。

プロヘリヤはダメ押しとばかりにもう一度引き金を引いた。

ぱんっ！——銃声とともに弾丸が飛んでいく。

今度は、サクナの心臓を正確に貫いたはずだった。

「サクナぁ⁉　大丈夫⁉」

リオーナが悲痛な叫びをあげている。

大丈夫なはずがない。右半身を吹き飛ばされ、心臓すらも貫かれた人間が生きていられるはずがないのだ。即死とまではいかないが、あと少しすれば絶命して白極連邦軍の勝利は確定するはずだ。現に、勝利を確信したアルケミー隊の蒼玉たちが「ズタズタ‼　ズタズタ‼」と大騒ぎを始めている。

「いいえプロヘリヤ様！　まだ生きているであります！」

隣を飛んでいるピトリナが奇妙な口調で叫んだ。

プロヘリヤは銃に魔力を装塡しながらサクナのほうを睨む。

さすがに死ぬはずだ。軍人としての勘がそう告げているのだ。仮にまだ息があったとしても対抗策など打てるはずがない。何故ならサクナ・メモワールの生命反応はどんどん弱まっているから。

「こ」

「！」

サクナの唇が動いた。

断末魔の絶叫でもあげるのか——と思ったが違った。

「こまり　さんに　頼まれてしまったので」

「何……？」

「サクナしかいないって。だから……」

余力を振り絞って紡《つむ》がれる言葉。

サクナの身体はふらふらと前後に揺れている。

デコピンでもすれば力尽きてしまいそうだ。

しかし何故か倒れない。その両脚はしっかりと雪の大地を踏みしめている。

ぞっと寒気が押し寄せた。

気温のせいではない。

サクナから発せられる冷気——いや殺気がそうさせたのだ。

「しね」

いつの間にか、サクナの魔力が増大していた。

その左目が、見るだに美しい青色に輝き始める。

——烈核解放？　いやそんなはずはない。

「何が何だか知らないが――死に損ないは土に還っていただこうか!!」

プロヘリヤはサクナの左目を狙《ねら》って引き金を引いた。

ピトリナや部下の蒼玉たちも一斉に射撃する。

最初の弾丸がサクナに命中しようとする直前――

青色の目玉が、火を噴いた。

否《いな》、冷気を噴いた。

☆

それは春。

帝都を騒がせていた誘拐事件が解決した直後のことだ。

サクナ・メモワールは、密《ひそ》かに〝大扉《おおとびら》〟をくぐって常世《とこよ》を訪ねていた。

――武器を作ってほしい？　この私に？

――おかしな話があったもんだ。お前は逆さ月のことを恨《うら》んでいるんだろ？

――知っていると思うが、私は逆さ月の幹部だぞ。お前が忌《い》み嫌う存在だろうに。

それでもよかった。

尊敬するテラコマリ・ガンデスブラッドは、スピカ・ラ・ジェミニと仲直りをした。コマリのようにすべてを許すことはできない。殺された家族のことは今でも根に持っている。だが、引きずるよりも前向きになったほうがいい――コマリのおかげでそう思うことができた。

感情的な部分さえ押し殺せば、逆さ月は利用価値のある連中だった。

――あっそ。まあお前がいいならいいんだけどね。

――それで、いくら払ってくれるんだい？

――げっ、こんなに……⁉　どうしたんだよ、近年稀《まれ》に見る太っ腹じゃないか……⁉

お金に執着はない。コマリグッズはそれほど高くないからだ。

それよりも重要なのは、自分自身が強くなることだった。メイジーやヘルデウス、孤児院のみんなと触れ合ううちに、自分がいかに期待されているかを思い知った。彼らに報《むく》いるためには――七紅天大将軍としての責務を果たすためには、強くなることが必要不可欠だった。

そうでなければ、あの憧《あこが》れの人と肩を並べることはできないのだから。

――なるほど、神具じゃない武器ね。分かった分かった、このロネ・コルネリウスが腕によりをかけて作ってやるよ。

——何がいいかねえ……ああそうだ、お前、その左目はフェイクだろう？

——私ほどの者が見れば分かるさ。……いやいいよ、左目をなくした理由なんかに興味はない。私が言いたいのはね、それが有効活用できるんじゃないかってことだ。

——目玉から出るビーム、なんてのはどうだね？　両手両足をもがれても使える必殺技さ。

——よーし分かった、俄然《がぜん》やる気が出てきたね。一カ月くらい経《た》ったらまた来たまえ。

力の種類に拘《こだわ》りはなかった。

期待してくれる人のために。慕ってくれる人のために。

そして何よりコマリさんのために。

コマリさんと一緒に戦えるようになるために。

サクナ・メモワールは、新たな力を手に入れたのである。

☆

「————……!?!?!?————……!?!?」

空中に浮遊している蒼玉たちは一瞬にして光に呑まれていった。

サクナの左目から放たれたのは、魔力を凝縮した冷凍光線だった。

絶対零度《れいど》と亜音速の力を兼ね備えたこの攻撃は、遠くから見れば一本の巨大な槍《やり》が天に突き立てられたかのようにすら見える。

ロネ・コルネリウスによって作り出された義眼の効果だ。

一週間程度魔力をチャージすることで、世にも恐ろしい強力な一撃を放つことができる。一瞬で対象物を動かぬ氷像へと変換し、さらにもう一瞬で跡形もなく破壊する——その効力は煌級《こうきゅう》魔法にも匹敵するという。

名称は、〈時殺しの魔眼〉。

コルネリウスは「発動すればどんな敵でも倒せるぞ～！」と笑っていたが、まさにその通りの結果となった。

冷凍光線は木々を攫《さら》い、山を穿《うが》ち、その先の曇り空を貫いて宇宙へと消えていった。

吹雪はあっという間に破壊され、雲間から暖かい陽光が差し込んでくる。

視界に広がるのは、蒼玉たちが氷の粉と化していく光景。

やがて冷凍光線の射出を終えると、サクナはふらりと背後に倒れていく。

死ぬわけにはいかない。

プロヘリヤを倒せたことを確認するまでは。

だが、その時、「サクナ……!?」という困惑気味の声を聞いた。

メイド姿のコマリとその仲間たちが、目を丸くしてこちらを見つめている。

サクナは白い息を吐いた。

ああ、コマリさん。

「私の役目は、これで完了です」

全身から力が抜けていく。

そのままゆっくりと後ろに倒れていき――

ふと、プロヘリヤが生きているのを目撃した。

部下に支えられ、宙を漂いながらサクナを見下ろしている。

「まだ……終わってませんね……」

ざくりと雪を踏む。

寸前のところで、踏ん張った。

☆

そう。プロヘリヤ・ズタズタスキーは死んでいなかったのである。

障壁魔法によって辛《かろ》うじて冷凍光線をやり過ごしたのだ。

だが、完全に防ぎきることはできなかった。障壁は破壊され、脇腹をわずかに抉られてしまった。普通は血が垂れるはずだが、冷凍光線によって傷口が完全に凍りついていた。寒い。あまりに寒い。ピトリナに支えられなければ、こうして飛ぶこともできなかっただろう。

「おね――プロヘリヤ様！　どうして私などを守ったのですか！」

「ルール的には……私が生き残るべきなのだが……何故か身体が動いてしまってな……」

「ああ……！　私を盾《たて》にしてくだされればよかったのに……！」

ピトリナは表情を歪《ゆが》めて絶叫していた。

取り乱すなんてスパイ失格だ。後でしっかり教育してやらなければならない。

抉られた腹を押さえながら、プロヘリヤはゆっくりと雪原に降下した。

飛んでいた部下たちはすべて光に攫われて氷の粒と化したらしい。

地上に残っているのは、カピバラの大群、吸血鬼の軍勢、大量のチョコレート人形。

そしてプロヘリヤの眼前に立っているのは、血みどろの少女である。

サクナ・メモワール。

飢えたオオカミのような眼光でこちらを見据えている。

「まさかここまでとはな……見直したぞサクナ・メモワール……」

「あなたはここで殺します。やっぱり自分が死ぬことを想定した計画なんておかしいですから……コマリさんだってプロヘリヤさんの計画には賛成していないはずです……」

「それが正しいかどうかを決めるのがこの戦争なのだよ」

「はい。そうですね……」

やつの右半身はほとんど存在していない。

それなのに殺意は少しも揺らいでいなかった。

であるならば――

プロへリヤは懐《ふところ》から拳銃を取り出した。

ピトリナが「まさか」と真《ま》っ青《さお》になった。

「プロへリヤ様！　それはダメですっ！　死にたいのですか……⁉」

「ここでサクナ・メモワールを殺せなければ革命はご破算だ。後先のことを考えている状況ではないのだよ」

「でも！　それじゃあプロへリヤ様が……！」

ピトリナが慌てて拳銃を奪おうとする。

しかしプロへリヤは足払いでピトリナを転倒させてしまった。

その隙に銃口を自らの側頭部に突きつける。

ゆっくりと引き金を引いて――

「これが春の魔法だ。とくとご覧ぜよ」

ぱんっ！

弾丸がプロヘリヤの頭を貫いた。

血が飛び散る――ことはなかった。

その傷口からあふれたのは、おびただしい量の桜吹雪である。

ピトリナが悲鳴をあげた。サクナ・メモワールは警戒してこちらを見据えている。

警戒したところでもう遅いのだ。この力が発動した時点ですべての戦いは自動的に終わってしまうのだから。

プロヘリヤの身体に魔力がみなぎった。

どこからともなく軽《かろ》やかな調べが流れてくる。

あふれる魔力は、やがて桜色の温《ぬく》もりとなって世界に広がっていった。

吹雪がやんだ。春の陽気は世界を覆《おお》い尽くしていた雪を攫い、プロヘリヤを中心として生命の息吹が波及していく。草花があふれ、季節は冬から春へと塗り替えられていく。

蒼玉たちが歓声をあげ、吸血鬼たちはわけが分からず立ち尽くしていた。

サクナが瞳《ひとみ》に驚愕《きょうがく》の色を湛《たた》えてつぶやいた。

「なん……ですかそれは……」

「烈核解放だ。革命を達成するためのな」

プロヘリヤの白銀の髪が、春風の流れとともに桜色へ変わっていった。

春を待望する意志力の発露、【春望《しゅんぼう》のプレリュード】。

テラコマリ・ガンデスブラッドの烈核解放にも対抗しうる究極奥義である。

プロヘリヤは静かに笑い、ゆっくりと拳銃をサクナに向けて――その時だった。

ぽん。ぽん――

青空に空砲の音が鳴り響いていた。

「――は??」

プロヘリヤは驚愕して天を仰いだ。

間違いない。あれは第三タームが終結した時の音だ。

おかしい。まだサクナ・メモワールは撃ち殺していないのに。

「ぷ、プロヘリヤ様。あれを見てください……」

ピトリナが震える指でプロヘリヤの背後を指差していた。

振り返る。

猫耳の少女――リオーナ・フラットが、琥珀王子アレクサンドル・アルケミーの心臓をぶち抜いていた。

血がどくどくとあふれ、その表情は苦悶《くもん》に染まっている。

すでに事切れていることが、この距離からも一発で分かった。

リオーナは『ズブリ』と琥珀王子の胸から腕を引っこ抜くと、悪戯《いたずら》っ子のように笑って言った。

「――悪いねプロヘリヤ。よそ見をしているからこうなるんだよ」

「お前……！」

「これで私たちの勝ちだね！　ありがとう、メイジー！」

「ま、私は琥珀王子の動きを止めただけだけど♪」

あまりの現実に言葉を失ってしまった。

プロヘリヤがサクナに注目している間に、リオーナやメイジー・ベリーチェイスは動いていたのだ。すでに瀕死《ひんし》だった琥珀王子の動きをチョコレートで封じ、その隙にリオーナが拳を突き刺した。そうして琥珀王子は絶命した。

そもそもメイジーは元・七紅天大将軍。第六部隊は実質的に将軍を二人抱えているようなものだ。戦力的にも琥珀王子には荷が重かっただろう。その点が頭から抜け落ちていた。

何ということだろうか。

二人の将軍のうち、どちらかが死んだら負け。

それがこのエンタメ戦争のルールだったのに。

ということは。

プロヘリヤ・ズタズタスキーは。

烈核解放まで発動したのに、その真価を発揮せぬまま敗北を喫したのだ。

白銀革命は、失敗に終わってしまった。

「天晴《あっぱれ》だ……」

春の魔法が解けていく。

冬が戻ってくる。

温もりは消え、髪の色も抜け落ちていった。

吹雪の寒さを感じながら、プロヘリヤはゆっくりと目を閉じる。

☆

「サクナ！　プロヘリヤ……！」

私たちは木陰から飛び出して彼女たちのもとへ向かった。

サクナもプロヘリヤも満身創痍《まんしんそうい》だ。すぐに魔核《まかく》で回復するとはいえ、ここまで痛々しい戦いを見せられたら心配せずにはいられなかった。私たちはひとまず手前で立ち尽くしているサクナに駆け寄る。

身体はずたずた。吹っ飛んだ右腕はどこかへ行ってしまった。

ヴィルはしばらくサクナの容態を観察すると、「ああっ……！」と驚いたような声をあげ、

「メモワール殿……立ったまま死んでる……⁉」

「ま、まじか……」

「この子って何なの？　こんなにヤバイ雰囲気のやつだっけ……？」

ネリアが失礼なことを言ってやがる。

サクナは私たちのために頑張ってくれたんだぞ。

おかげでプロヘリヤの野望を止めることに成功し、寿命問題に時間を使えるようになったのだ。後はみんなで力を合わせれば何とかなるだろう――そんなふうに希望を抱いてプロヘリヤのほうを見た。

プロヘリヤは地面に倒れていた。

周囲の雪が真《ま》っ赤《か》に染まっている。

痛々しいが、時間が経てば魔核で回復するはずである。

「――？」

だが、少し様子がおかしいことに気がついた。

プロヘリヤに寄り添うピトリナが、悲痛な声で「お姉さま！　お姉さま！」と叫んでいるのである。いったい何をそんなに悲しんでいるのだろうか。烈核解放中に死んだわけでもないので蘇《よみがえ》るはずなのに。

「ピトリナ！　プロヘリヤは大丈夫……!?」

私たちは不審に思ってプロヘリヤたちのもとへ駆け寄った。

ピトリナが鬼をも殺すような目つきで睨んできた。

「大丈夫なわけありますかっ！　よくもお姉さまに烈核解放を使わせましたね⁉」

「え？　でも魔核が……」

「傷は治りますよ。でも烈核解放【春望のプレリュード】の代償はお姉さまの寿命なんです」

衝撃のあまり声が出なかった。

烈核解放には相応の代償がある――以前、ヘルデウスはそう言っていた。力が強大であればあるほど要求される代償も大きくなるという。

だが、よりにもよってそんなことがあるのか。

寿命を消費しないと使うことができない力だったなんて。

私は絶望的な気分になってプロヘリヤを見下ろした。

白銀の少女は死んだように眠っている。

実際に死んでいるのかもしれない。

だが、この死よりもさらに恐ろしい死が訪れようとしているのだ。

「……今、確認してみます」

ピトリナが何らかの魔法を発動した。

その視線が、プロヘリヤの心臓のあたりを捉《とら》える。

ほどなくして、ピトリナの顔色がみるみる青くなっていった。

「二カ月あったはずなのに……」

「ぴ、ピトリナ？　プロへリヤは」

「あと一週間です」

風の音にかき消されてしまうほどの声量。

しかし、何故かしっかりと私の耳には届いていた。

ピトリナは怒りを爆発させて叫んだ。

「あと一週間……一週間しか残っていませんっ！　どうしてくれるのですか！」

一瞬だけ暖かくなったはずの世界が、再び吹雪に閉ざされていった。

プロへリヤがお姉さんから分け与えられた寿命は、もともと三十年ほどあったという話だ。

それが削れていった理由は——　おそらく彼女が人々のために烈核解放を使いまくったからなのだろう。

私たちは勘違いしていたのかもしれない。

プロへリヤは、障害が強大であればあるほど頑張ってしまう性質だ。

私たちが頑張れば頑張るほど、プロへリヤはムキになって打破しようとする。

そして——　プロへリヤに無理をさせることがどれだけ罪深いのかを、私たちはまったく理解していなかったのだ。

ファンレター、作品の
ご感想をお待ちしています

〈あて先〉

〒105-0001
東京都港区虎ノ門2-2-1
ＳＢクリエイティブ(株)
GA文庫編集部 気付

「小林湖底先生」係
「りいちゅ先生」係

本書に関するご意見・ご感想は
右の QR コードよりお寄せください。

※アクセスの際や登録時に発生する通信費等はご負担ください。

https://ga.sbcr.jp/

ひきこまり吸血姫の悶々 13

発　行　　2024年3月31日　初版第一刷発行
著　者　　小林湖底
発行者　　小川　淳

発行所　　SBクリエイティブ株式会社
〒105-0001
東京都港区虎ノ門2-2-1

装　丁　　柊椋（I.S.W DESIGNING）

印刷・製本　中央精版印刷株式会社

ISBN978-4-8156-2139-1
Printed in Japan
GA文庫